TRANZLATY

Sprache ist für alle da

زبان برای همه است

Die Verwandlung
مسخ

Franz Kafka
فرانتس کافکا

Deutsch
فارسی

www.tranzlaty.com

Teil Eins
بخش اول

Gregor Samsa erwachte eines Morgens aus unruhigen Träumen.

گرگور سامسا یک روز صبح از خواب‌های آشفته‌ای بیدار شد.

Er befand sich in seinem Bett, konnte sich aber nicht bewegen.

خودش را در رختخوابش یافت، اما قادر به حرکت نبود.

Er war in ein monströses Ungeziefer verwandelt worden.

او به یک حشره موذی و وحشتناک تبدیل شده بود.

Er lag auf dem Rücken, der sich hart wie eine Rüstung anfühlte.

او به پشت خوابیده بود، که مثل زره سخت بود.

Indem er den Kopf ein wenig hob, konnte er seinen Bauch sehen.

با کمی بالا آوردن سرش، توانست شکمش را ببیند.

Sein Bauch aber war gewölbt und in Segmente unterteilt.

اما شکمش گنبدی شکل و به بندهایی تقسیم شده بود.

Die Decke lag auf seinem runden Bauch.

پتو روی شکم گرد شده‌اش افتاده بود.

Die Decke war jedoch kurz davor, ganz herunterzurutschen.

اما پتو نزدیک بود کاملاً سر بخورد.

Seine Beine wirkten im Vergleich zu ihrer üblichen Größe jämmerlich.

پاهایش در مقایسه با اندازه معمولشان، رقت‌انگیز بودند.

Und seine vielen Beine flackerten hilflos vor seinen Augen.

و پاهای متعددش بی‌اختیار جلوی چشمانش سوسو می‌زدند.

„Was ist nur mit mir geschehen?", dachte er bei sich.

با خودش فکر کرد: «چه اتفاقی برای من افتاده؟»

Aber es war kein Traum, aus dem er nicht erwachen konnte.

اما این خوابی نبود که نتواند از آن بیدار شود.

Es war tatsächlich sein eigenes Zimmer, in dem er sich wiederfand.

واقعاً اتاق خودش بود که خودش را در آن یافت.

Ein richtiges Zimmer für Menschen, aber leider etwas zu klein.

یک اتاق واقعی برای انسان‌ها، اما کمی بیش از حد کوچک.

Er lag still zwischen den vier bekannten Mauern.

او آرام بین چهار دیوار معروف دراز کشیده بود.

Auf dem Tisch befand sich eine Sammlung von Textilmustern.

روی میز مجموعه‌ای از نمونه‌های پارچه بود.

Samsa war Handelsreisender, daher die Muster.

سامسا یک فروشنده دوره گرد بود، از این رو نمونه ها را تهیه کرد.

Über den auseinandergenommenen Textilproben hing ein Bild.

بالای نمونه‌های پارچه‌ایِ جدا شده، تصویری قرار داشت.

Er hatte das Bild erst vor Kurzem aus einer Zeitschrift ausgeschnitten.

او اخیراً عکس را از یک مجله بریده بود.

Er hatte das Bild in einen hübschen, vergoldeten Rahmen gefasst.

او عکس را در یک قاب زیبا و طلاکاری شده قرار داده بود.

Das gerahmte Bild zeigte eine aufrecht sitzende Dame.

تصویر قاب‌شده، خانمی را نشان می‌داد که به صورت عمودی نشسته بود.

Sie trug eine Pelzmütze und hatte einen Pelzmuff.

او یک کلاه خز به سر داشت و یک دستکش پشمی هم به پا کرده بود.

Sie hob ihre Hand in Richtung des Betrachters des Bildes.

او دستش را به سمت بیننده‌ی عکس بالا برده بود.

Ihr ganzer Unterarm verschwand in ihrem schweren Pelzmuff.

تمام ساعدش در دستکش پشمی ضخیمش ناپدید شد.

Gregor blickte aus dem Fenster auf das trübe Wetter.

گرگور از پنجره به هوای گرفته نگاه کرد.

Man konnte hören, wie schwere Regentropfen gegen das
Fenster prasselten.

صدای برخورد قطرات درشت باران به پنجره به گوش می‌رسید.

Das graue Wetter stimmte ihn sehr melancholisch.

هوای خاکستری باعث شد احساس مالیخولیایی شدیدی کند.

„Wie wäre es, wenn ich noch ein bisschen länger schlafe?“,
dachte er.

با خودش فکر کرد: «چطور است کمی بیشتر بخوابم؟»

"Mehr Schlaf könnte mir helfen, diesen Unsinn zu
vergessen."

«خواب بیشتر شاید کمکم کند این مزخرفات را فراموش کنم».

Länger zu schlafen war jedoch völlig unmöglich.

اما خوابیدن دیگر کاملاً غیرممکن بود.

Weil er es gewohnt war, auf seiner rechten Seite zu schlafen.

چون عادت داشت به پهلوی راست بخوابد.

Sein aktueller Zustand schränkte jedoch seine üblichen
Bewegungsfreiheiten ein.

اما وضعیت فعلی او مانع از حرکات معمولش می‌شد.

Er hatte keine Möglichkeit, in diese Lage zu gelangen.

او هیچ راهی برای قرار دادن خودش در این موقعیت نداشت.

Er versuchte sein Bestes, sich auf die rechte Seite zu werfen.

او تمام تلاشش را کرد تا خودش را به پهلوی راستش بیندازد.

Er hat diese Bewegung wahrscheinlich hundertmal versucht.

او احتمالاً صد بار این حرکت را امتحان کرد.

Aber er kippte immer wieder in die Rückenlage zurück.

اما او همیشه به حالت خوابیده به پشت، تکان می‌خورد.

Er schloss die Augen, um seine unruhigen Beine nicht sehen
zu müssen.

چشمانش را بست تا پاهای لرزانش را نبیند.

Am Ende hinderten ihn seine Schmerzen daran, es noch einmal zu versuchen.

در نهایت دردش مانع از تلاش دوباره‌اش شد.

Ein dumpfer Schmerz in der Seite, den er noch nie zuvor gespürt hatte.

درد مبهمی در پهلویش پیچید که قبلاً هرگز آن را حس نکرده بود.

„Oh Gott", dachte Gregor Samsa verzweifelt bei sich.

گرگور سامسا با ناامیدی با خودش فکر کرد: «خدای من»!

"Was für einen anstrengenden Beruf ich mir da doch ausgesucht habe!"

«چه حرفه‌ی طاقت‌فرسایی برای خودم انتخاب کرده‌ام»!

„Ich muss beruflich Tag für Tag reisen."

«من هر روز مجبورم برای کارم این‌طرف و آن‌طرف بروم».

„Büroarbeit ist viel einfacher als die Arbeit unterwegs."

«کار اداری خیلی راحت‌تر از کار در جاده است».

„Und ich habe den Fluch, ständig reisen zu müssen."

«و من نفرینِ این را دارم که مجبور باشم مدام سفر کنم».

„Die ganze Sorge, die Züge nicht rechtzeitig zu verpassen."

«تمام نگرانی‌ها در مورد به موقع رسیدن به قطارها».

„Meine Mahlzeiten sind unregelmäßig und das Essen ist schlecht."

«زمان وعده‌های غذایی من نامنظم است و غذا بد است».

„Meine Freunde wechseln ständig, je nachdem, wo ich hinziehe."

«دوستان من همیشه از شهری به شهر دیگر می‌روند».

„Meine Interaktionen sind kühl und professionell."

«تعاملاتی که من دارم سرد و حرفه‌ای هستند».

„Sollen sich doch die Teufel mit solchen Arbeiten vergnügen!"

بگذار شیطان با این کارها خودش را سرگرم کند!

Er verspürte ein leichtes Jucken im oberen Bereich seines Bauches.

او خارش خفیفی را در بالای شکمش احساس کرد.

Er stemmte sich mit dem Rücken gegen den Bettpfosten.

با کمرش خودش را به میله‌ی تخت هل داد.

Er wollte seinen Kopf besser heben können.

دلش می‌خواست بتواند سرش را بهتر بلند کند.

Er fand die juckende Stelle, die ihn plagte.

او نقطه خارش‌داری را که آزارش می‌داد، پیدا کرد.

Sein Kopf schien mit kleinen weißen Punkten bedeckt zu sein.

انگار سرش پر از نقطه‌های سفید کوچک بود.

Was diese kleinen weißen Punkte waren, konnte er nicht sagen.

او نمی‌توانست بگوید این نقطه‌های سفید کوچک چه بودند.

Er hatte geplant, die Stelle mit einem seiner Beine zu berühren.

او قصد داشت با یکی از پاهایش آن نقطه را لمس کند.

Doch als er die Stelle berührte, verspürte er ein seltsames Frösteln.

اما وقتی آن نقطه را لمس کرد، لرز عجیبی را احساس کرد.

Daraufhin zog er sein Bein sofort von der Stelle weg.

بنابراین فوراً پایش را از آن نقطه دور کرد.

Ihm blieb nichts anderes übrig, als das Jucken zu ertragen.

چاره‌ای جز پذیرش احساس خارش نداشت.

Und er kehrte in seine vorherige Position im Bett zurück.

و به جایگاه قبلی خود در رختخواب بازگشت.

„Wer so früh aufwacht, wird echt ziemlich dumm.“

»بیدار شدن تا این حد زود واقعاً آدم را احمق می‌کند«.

„Ein Mann braucht genug Schlaf“, dachte er sich.

با خودش فکر کرد: »آدم باید خواب کافی داشته باشد«.

„Die anderen Handelsreisenden leben in Luxus.“

»بقیه فروشندگان سیار زندگی لوکسی دارند«.

„Morgens übermittle ich die erhaltenen Bestellungen.“

»صبح‌ها دستورهایی که دریافت کرده‌ام را منتقل می‌کنم«.

„Währenddessen frühstücken die Herren noch.“

»در همین حال، آن آقایان هنوز دارند صبحانه می‌خورند«.

„Stellen Sie sich nur vor, ich würde das bei meinem Chef versuchen.“

»فقط تصور کن اگه من سعی می‌کردم همین کار رو با رئیسم بکنم«.

„Er würde mich feuern, bevor ich mit dem Frühstück fertig bin.“

»قبل از اینکه صبحانه‌ام را تمام کنم، مرا اخراج می‌کرد«.

„Aber vielleicht wäre das auch nicht das Schlimmste.“

»اما شاید این هم بدترین چیز نباشد«.

„Das Problem ist, dass meine Eltern mich zurückhalten.“

»مشکل این است که پدر و مادرم مانع پیشرفت من می‌شوند«.

„Ohne sie hätte ich schon längst gekündigt.“

اگر آنها نبودند، من تا حالا استعفا داده بودم«.

„Ich hätte mich dem Chef entgegengestellt und es ihm gesagt.“

»من جلوی رئیس می‌ایستادم و به او می‌گفتم«.

„Ich würde genau sagen, was ich von ihm und der Stelle halte.“

»من دقیقاً نظرم را در مورد او و شغلش می‌گویم«.

„Er würde vom Schreibtisch fallen, wenn ich ihm alles erzählen würde!“

»اگر همه چیز را به او بگویم، از روی میزش می‌افتد«!

„Es ist sehr seltsam, wie er an seinem Schreibtisch sitzt.“

»طرز نشستن او روی میزش خیلی عجیب است«.

„Seine Art, mit seinen Untergebenen zu sprechen, ist nicht in Ordnung.“

طرز صحبت او با زیردستان درست نیست«.

„Und das Schlimmste ist, dass sein Gehör so schlecht ist.“

»و بدترین قسمت ماجرا این است که شنوایی او خیلی ضعیف است«.

„Sie haben also keine andere Wahl, als ganz nah bei ihm zu sitzen."

«پس چاره‌ای نداری جز اینکه خیلی نزدیکش بنشینی».

„Aber trotz allem ist die Hoffnung noch nicht völlig verloren."

اما با وجود همه این‌ها، هنوز امید کاملاً از بین نرفته است».

„Ich werde das Geld sparen, um die Schulden meiner Eltern zu begleichen."

«من پول را پس‌انداز می‌کنم تا بدهی پدر و مادرم را پرداخت کنم».

„Ich kann nichts tun, solange sie ihm noch Geld schulden."

«تا وقتی که هنوز به او بدهکارند، نمی‌توانم کاری بکنم».

„Aber wenn die Schulden beglichen sind, werde ich es auf jeden Fall tun."

اما وقتی بدهی پرداخت شود، قطعاً این کار را خواهم کرد.

„Es wird wahrscheinlich noch fünf bis sechs Jahre dauern."

احتمالاً پنج تا شش سال دیگر طول خواهد کشید».

"Ja, dann wird die große Trennung definitiv erfolgen."

بله، پس جدایی بزرگ قطعاً انجام خواهد شد.

„Fürs Erste muss ich jedoch aufstehen."

«اما فعلاً باید از رختخواب بیرون بیایم».

„Weil mein Zug um fünf Uhr abfährt."

«چون قطار من ساعت پنج حرکت می‌کند».

Gregor blickte auf den tickenden Wecker auf dem Tisch.

گرگور به ساعت زنگ‌دار روی میز نگاه کرد که تیک‌تاک می‌کرد.

"Himmlischer Vater!", dachte er, als er die Uhrzeit sah.

با دیدن زمان با خود فکر کرد: «پدر آسمانی»!

Halb sieben war schon still und leise vergangen.

ساعت شش و نیم دیگر آرام آرام گذشته بود و رفته بود.

Und die Zeiger der Uhr bewegten sich immer weiter vorwärts.

و عقربه‌های ساعت همچنان به جلو حرکت می‌کردند.

Es war nun fast Viertel vor sieben.

و حالا ساعت داشت به یک ربع به هفت نزدیک می‌شد.

"Vielleicht hat der Wecker nicht geklingelt, um mich zu wecken?", dachte er.

با خودش فکر کرد: «شاید زنگ ساعت برای بیدار کردنم به صدا درنیامده بود؟»

Von seinem Bett aus inspizierte Gregor den Wecker.

گرگور از روی تختش ساعت شماطه‌دار را بررسی کرد.

Der Wecker war korrekt auf vier Uhr eingestellt.

ساعت زنگ دار به درستی برای ساعت چهار تنظیم شده بود.

Er konnte es sich nicht erklären, aber der Alarm musste losgegangen sein.

او نمی‌توانست توضیح دهد، اما حتماً زنگ خطر به صدا درآمده بود.

"Wie konnte ich den Wecker verschlafen, ohne es zu merken?"

چطور با وجود صدای زنگ ساعت خوابیدم، بدون اینکه بفهمم؟»

Wenn der Alarm losgeht, wackeln sogar die Möbel.

وقتی زنگ می‌زند، حتی مبلمان را هم می‌لرزاند.

Er wusste, dass sein Schlaf alles andere als ruhig gewesen war.

می‌دانست که خوابش اصلاً آرام نبوده است.

Aber vielleicht war das der Grund, warum sein Schlaf so viel tiefer war.

اما شاید به همین دلیل بود که خوابش بسیار عمیق‌تر بود.

Er musste darüber nachdenken, was er nun tun sollte.

باید فکر می‌کرد که حالا باید چه کار کند.

Der nächste Zug fuhr erst um sieben Uhr ab.

قطار بعدی تا ساعت هفت حرکت نکرد.

Diesen Zug zu erreichen, wäre nahezu unmöglich.

رسیدن به آن قطار تقریباً غیرممکن خواهد بود.

Und die benötigten Textilien hatte er noch nicht eingepackt.

و او هنوز پارچه‌های مورد نیازش را بسته‌بندی نکرده بود.

Er fühlte sich auch nicht besonders frisch und agil.

او هم احساس تازگی و چابکی خاصی نمی‌کرد.

Vielleicht bestand die Möglichkeit, in den Zug einzusteigen.

شاید فرصتی برای سوار شدن به قطار وجود داشت.

Doch ein Tadel vom Chef war so oder so unvermeidlich.

اما در هر صورت، سرزنش رئیس اجتناب‌ناپذیر بود.

Der Angestellte wäre in den Fünf-Uhr-Zug eingestiegen.

کارمند می‌توانست سوار قطار ساعت پنج شود.

Der Büroangestellte war ein willensschwaches Werkzeug
des Chefs.

کارمند دفتر، موجودی بی‌جرأت و وابسته به رئیس بود.

Gregors Abwesenheit wäre also bereits gemeldet worden.

بنابراین غیبت گرگور قبلاً گزارش شده بود.

„Was wäre, wenn ich mich krankmelde?“, überlegte Gregor.

گرگور داشت فکر می‌کرد: «اگر مریض شوم چه می‌شود؟»

Das wäre aber äußerst peinlich und verdächtig.

اما این بسیار شرم‌آور و مشکوک خواهد بود.

Gregor war in der gesamten Zeit, die er dort arbeitete, nie
krank gewesen.

گرگور در مدتی که آنجا کار می‌کرد، هرگز بیمار نشده بود.

Und er hatte ihnen bereits fünf Jahre Dienst geleistet.

و او قبلاً پنج سال خدمت به آنها داده بود.

Die Chancen standen gut, dass der Chef vorbeikommen
würde, um nach ihm zu sehen.

احتمال داشت رئیس برای بررسی او بیاید.

Er würde wahrscheinlich den Arzt der Krankenversicherung
mitbringen.

احتمالاً پزشک بیمه سلامت را هم می‌آورد.

Und er würde die Eltern für ihren faulen Sohn
verantwortlich machen.

و او والدین را به خاطر تنبلی پسرشان سرزنش می‌کرد.

Sie könnten gegen ihn keine Einwände erheben.

آنها نمی‌توانستند هیچ اعتراضی به او بکنند.

Denn für ihn gab es nur zwei Arten von Arbeitern.

زیرا برای او فقط دو نوع کارگر وجود داشت.

Entweder waren die Arbeiter kerngesund oder arbeitsscheu.

یا کارگران کاملاً سالم بودند، یا از کار گریزان بودند.

Und läge er mit dieser grundlegenden Analyse überhaupt falsch?

و آیا او اصلاً در آن تحلیل اولیه اشتباه می‌کند؟

In diesem Fall hatte er sicherlich ein starkes Argument.

البته در این مورد، او استدلال محکمی داشت.

Trotz seines Aussehens fühlte sich Gregor tatsächlich recht wohl.

گرگور، برخلاف ظاهرش، واقعاً حالش خوب بود.

Der unnötig lange Schlaf hatte ihn etwas schläfrig gemacht.

خواب طولانی و غیرضروری او را کمی خواب‌آلود کرد.

Abgesehen davon konnte er sich aber über keine Krankheit beklagen.

اما گذشته از این، او نمی‌توانست از بیماری شکایت کند.

Er verspürte sogar einen besonders starken und gesunden Hunger.

او حتی گرسنگی شدید و سالمی را احساس می‌کرد.

Während er diesen Gedanken nachging, schlug die Uhr erneut.

در حالی که او در این افکار بود، ساعت دوباره زنگ زد.

Laut Alarm war es jetzt Viertel vor sieben.

طبق آژیر، ساعت حالا یک ربع به هفت بود.

Und nun klopfte es auch leise an der Tür.

و حالا صدای ضربه آرامی به در هم آمد.

„Gregor“, rief ihm jemand zu – es war die Mutter.

کسی او را صدا زد: «گرگور» - او مادر بود.

„Es ist Viertel vor sieben“, bestätigte sie den Alarm.

او صدای زنگ را تأیید کرد و گفت: «ساعت هفت و ربع است».

"Wolltest du nicht gehen?", fragte die sanfte Stimme.

صدای ملایمی پرسید: «مگر نمی‌خواستی بروی؟»

Gregor erschrak, als er seine eigene Stimme antworten hörte.

گرگور وقتی صدای او را که جواب می‌داد شنید، ترسید.

Es war immer noch dieselbe Stimme, die er schon immer hatte.

صدا هنوز همان صدایی بود که همیشه داشت.

Doch nun mischte sich ein neuer Klang in seine Stimme.

اما حالا صدای جدیدی در صدایش آمیخته شده بود.

Tief aus seinem Inneren entfuhr ihm auch ein schmerzhafter Schrei.

از اعماق وجودش، صدای جیرجیر دردناکی نیز بیرون آمد.

Zunächst schien seine Stimme die Worte klar zu formen.

در ابتدا به نظر می‌رسید که صدایش کلمات را با وضوح تشکیل می‌دهد.

Doch dann hörte Gregor das Echo seiner Stimme in seinem Kopf.

اما ناگهان گرگور پژواک ذهنی صدایش را شنید.

Die Aufnahme seiner Stimme ist auf seltsame Weise zerbrochen.

ضبط صدایش به طرز عجیبی خراب شد.

Und er war sich nicht sicher, ob er richtig gehört hatte.

و او مطمئن نبود که آیا درست شنیده است یا نه.

Gregor verspürte den starken Wunsch, eine ausführliche Antwort zu geben.

گرگور عمیقاً دلش می‌خواست جواب مفصلی بدهد.

Er wollte seiner Mutter alles genau erklären.

دلش می‌خواست همه چیز را برای مادرش تعریف کند.

Doch angesichts der Umstände musste er sich einschränken.

اما با توجه به شرایط، او مجبور بود خودش را محدود کند.

Und er antwortete viel kürzer, als er es gern getan hätte.

و او خیلی کوتاه‌تر از آنچه دوست داشت پاسخ داد.

"Ja, Mutter, keine Sorge, danke, ich bin schon wach."

»بله مادر، نگران نباش، ممنون، من الان بیدارم.«

Die Holztür trug vermutlich dazu bei, seine Stimme zu dämpfen.

احتمالاً درِ چوبی به خفه کردن صدایش کمک کرده بود.

Draußen blieb die Veränderung in Gregors Stimme unbemerkt.

بیرون، تغییر صدای گرگور مورد توجه قرار نگرفت.

Die Mutter schien mit seiner Erklärung zufrieden zu sein.

به نظر می‌رسید مادر از توضیحات او راضی شده است.

Und sie ging genauso leise wieder, wie sie gekommen war.

و او دوباره به همان آرامی که آمده بود، رفت.

Doch das kurze Gespräch hatte eine unerwünschte Folge.

اما این مکالمه کوتاه تأثیر نامطلوبی داشت.

Er erregte die Aufmerksamkeit der anderen Familienmitglieder.

توجه دیگر اعضای خانواده را به خود جلب کرد.

Gregor war noch zu Hause und nicht zur Arbeit gegangen.

گرگور هنوز در خانه بود و سر کار نرفته بود.

Und nun klopfte auch der Vater an die Seitentür.

و حالا پدر درِ کناری را هم زد.

Er klopfte schwach, aber entschlossen mit der Faust.

او با مشتش ضربه‌ای ضعیف، اما مصمم زد.

„Gregor, Gregor", rief er, „was ist das Problem?"

»گرگور، گرگور،« صدا زد، »مشکل چیه؟«

Nach einer Weile warnte er erneut, diesmal mit tieferer Stimme.

کمی بعد، دوباره با صدای بم‌تری هشدار داد.

Doch nun klopfte die Schwester an die andere Tür.

اما حالا خواهر درِ آن طرف را زد.

"Gregor? Geht es dir nicht gut?", fragte sie leise.

«گرگور؟ حالت خوب نیست؟» او آرام پرسید.

„Brauchen Sie irgendetwas?", fragte sie besorgt.

با نگرانی پرسید: «چیزی لازم داری؟»

Gregor antwortete beiden Seiten: „Ich bin schon fertig.“

گرگور به هر دو طرف پاسخ داد: «من دیگر کارم تمام است».

Er hatte sich größte Mühe gegeben, alle Wörter sorgfältig auszusprechen.

او تمام تلاشش را کرده بود که تمام کلمات را با دقت تلفظ کند.

Und er entfernte alles Auffällige aus seiner Stimme.

و هر چیزِ به چشم آمده در صدایش را پاک کرد.

Auch der Vater schien mit der Antwort zufrieden zu sein.

پدر هم از جواب راضی به نظر می‌رسید.

Und er kehrte zu seinem unvollendeten Frühstück zurück.

و دوباره به صبحانه ناتمامش برگشت.

Doch die Schwester flüsterte: „Gregor, mach auf, ich flehe dich an.“

اما خواهر زمزمه کرد: «گرگور، التماست می‌کنم، باز کن».

Doch ihre Sorge um ihn konnte ihn in keiner Weise bewegen.

اما نگرانی او برای او به هیچ وجه نمی‌توانست او را تحت تأثیر قرار دهد.

Gregor hatte nicht die Absicht, ihr die Tür zu öffnen.

گرگور اصلاً قصد نداشت در را برایش باز کند.

Durch seine Reisen hatte er sich einige vorsichtige Gewohnheiten angeeignet.

او از سفر کردن عادت‌های محتاطانه‌ای پیدا کرده بود.

Und er lobte sich selbst dafür, die Türen abgeschlossen zu haben.

و خودش را به خاطر قفل کردن درها تحسین کرد.

Zunächst wollte er in Ruhe und in seinem eigenen Tempo aufstehen.

اول می‌خواست بی‌سروصدا و در زمان خودش از خواب بیدار شود.

Und er wollte sich ungestört anziehen.

و بدون اینکه کسی مزاحمش شود، می‌خواست لباس بپوشد.

Nachdem er das geschafft hatte, wollte er frühstücken.

با انجام این کار، او سپس می‌خواست صبحانه بخورد.

Erst dann wollte er die Situation weiter überdenken.

تنها در آن صورت بود که می‌خواست موقعیت را بیشتر بررسی کند.

Er wusste, dass es sinnlos war, im Bett Pläne zu schmieden.

او می‌دانست که نقشه کشیدن در رختخواب فایده‌ای ندارد.

Zu einem vernünftigen Schluss zu gelangen, wäre unmöglich.

رسیدن به یک نتیجه معقول غیرممکن خواهد بود.

Es gab schon andere Male, da war er mit leichten Schmerzen aufgewacht.

مواقع دیگری هم بود که با دردهای خفیف از خواب بیدار می‌شد.

Diese Schmerzen erwiesen sich stets als reine Einbildung.

این دردها همیشه تبدیل به تخیل محض می‌شدند.

Beim Aufstehen verschwanden die Schmerzen ausnahmslos.

هنگام بلند شدن از رختخواب، درد به طور مداوم از بین می‌رفت.

Er war neugierig, was mit diesen Ideen geschehen würde.

او کنجکاو بود ببیند چه اتفاقی برای این ایده‌ها می‌افتد.

Die Veränderung seiner Stimme war wahrscheinlich nur auf eine Erkältung zurückzuführen.

تغییر صدایش احتمالاً فقط به خاطر سرماخوردگی بود.

Erkältungen sind für Reisende einfach ein Berufsrisiko.

سرماخوردگی فقط یک خطر شغلی برای مسافران است.

Er hatte keinen Zweifel daran, dass dies die logische Erklärung war.

او شکی نداشت که این توضیح منطقی است.

Es gelang ihm mühelos, die Decke von sich zu streifen.

کنار زدن پتو از روی خودش به راحتی ممکن شد.

Er musste nur einatmen und sich aufblasen.

تنها کاری که باید می‌کرد این بود که نفس بکشد و خودش را باد کند.

Die Decke rutschte von seinem Körper und landete auf dem Boden.

پتو از روی بدنش سر خورد و روی زمین افتاد.

Sein unglaublich breiter Körperbau erschwerte auch andere Dinge.

بدن فوق‌العاده پهن او انجام کارهای دیگر را دشوار می‌کرد.

Er hätte Arme und Hände gebraucht, um aufzustehen.

او برای ایستادن به دست و بازو نیاز داشت.

Aber er hatte nicht mehr die Gliedmaßen, die er früher gehabt hatte.

اما او دیگر آن اندام‌های قبلی را نداشت.

Anstelle von Armen und Händen hatte er viele kleine Beine.

به جای دست و بازو، تعداد زیادی پای کوچک داشت.

Und seine Beine bewegten sich ständig, ohne dass er es kontrollieren konnte.

و پاهایش مدام، بدون اینکه خودش بخواهد، حرکت می‌کردند.

Er versuchte, ein Bein zu beugen, aber stattdessen streckte es sich.

او سعی کرد یک پایش را خم کند، اما در عوض پایش کشیده شد.

Schließlich gelang es ihm, ein Bein unter seine Kontrolle zu bringen.

بالاخره موفق شد یک پایش را تحت کنترل خود درآورد.

Doch dann wurde die Bewegung der anderen Beine freigegeben.

اما بعد حرکت پاهای دیگر آزاد شد.

Und seine Beine zuckten vor lauter Aufregung.

و تمام پاهایش از شدت هیجان می‌لرزیدند.

Zuerst wollte er seinen Unterkörper aus dem Bett bekommen.

اول می‌خواست پایین‌تنه‌اش را از تخت بیرون بیاورد.

Seinen Unterkörper hatte er aber noch nicht gesehen.

اما او هنوز پایین تنه‌اش را ندیده بود.

Und es erwies sich ohnehin als zu schwierig, diesen Teil zu versetzen.

و به هر حال جابجایی این قسمت خیلی دشوار بود.

Schließlich wagte er mit all seiner Kraft einen waghalsigen Schritt.

بالاخره، با تمام قدرتش، یک حرکت وحشیانه انجام داد.

Ohne weiter zu zögern, trat er vorwärts.

بدون هیچ تردیدی خودش را به جلو حرکت داد.

Doch er hatte die falsche Richtung eingeschlagen.

اما او مسیر اشتباهی را برای حرکت انتخاب کرده بود.

Er schlug mit voller Wucht mit dem Körper gegen den unteren Bettpfosten.

او با شدت بدنش را به میله پایینی تخت کوبید.

Der brennende Schmerz, den er empfand, lehrte ihn eine wertvolle Lektion.

درد سوزانی که احساس کرد، درس ارزشمندی به او داد.

Sein Unterkörper war vielleicht empfindlicher.

شاید قسمت پایین بدنش حساس‌تر بود.

Also versuchte er zuerst, seinen Oberkörper aus dem Bett zu bekommen.

بنابراین سعی کرد ابتدا بالاتنه اش را از رختخواب بیرون بیاورد.

Er drehte seinen Kopf vorsichtig in die richtige Richtung.

با دقت سرش را به سمت درست چرخاند.

Und schon bald lag sein Kopf am Bettrand.

و خیلی زود سرش رو به لبه تخت بود.

Diese vorsichtige Vorgehensweise fiel ihm tatsächlich leicht.

این حرکت محتاطانه در واقع برای او آسان بود.

Und weder seine Breite noch sein Gewicht hinderten ihn an seinen Bewegungen.

و عرض و سنگینی او مانع حرکتش نشد.

Die Masse seines Körpers folgte langsam der Drehung des Kopfes.

جرم بدنش به آرامی با چرخش سر همراه می‌شد.

Doch dann streckte er den Kopf über die Bettkante.

اما بعد سرش را از لبه تخت بیرون آورد.

Und er sah sich einer neuen Angst gegenüber, über die er noch nicht nachgedacht hatte.

و او با ترس جدیدی روبرو شد که هنوز به آن فکر نکرده بود.

Ein weiteres Vorgehen in dieser Richtung könnte gefährlich sein.

پیشروی بیشتر در این مسیر می‌تواند خطرناک باشد.

Er hatte gedacht, er würde sich einfach fallen lassen.

او فکر کرده بود که همین الان خودش را رها خواهد کرد تا سقوط کند.

Es wäre aber ein Wunder, wenn er sich dabei nicht am Kopf verletzen würde.

اما اگر سرش آسیب ندیده باشد، معجزه خواهد بود.

Jetzt war nicht der richtige Zeitpunkt, um ein Bewusstseinsverlustrisiko einzugehen.

الان وقت ریسک از دست دادن هوشیاری نبود.

Vielleicht wäre es doch besser, im Bett zu bleiben.

شاید بهتر باشد که در نهایت در رختخواب بمانیم.

Doch dann musste er denselben Aufwand betreiben, um zurückzukehren.

اما بعد مجبور شد همان تلاش را برای برگشتن انجام دهد.

Nach all der Mühe lag er da, genau wie zuvor.

بعد از آن همه تلاش، درست مثل قبل همانجا دراز کشیده بود.

Und nun schienen seine Beine noch wütender zu sein als zuvor.

و حالا پاهایش حتی عصبانی‌تر از قبل به نظر می‌رسیدند.

Die Bewegungen seiner Beine waren noch unkontrollierbarer geworden.

حرکات پایش حتی غیرقابل کنترل‌تر شده بود.

Er sah keinen Ausweg aus seiner Situation.

او هیچ راهی برای رهایی از وضعیتی که در آن گرفتار شده بود، نمی‌دید.

Aus diesem Chaos konnte kein Frieden und keine Ordnung hergestellt werden.

از دل این هرج و مرج، صلح و نظم حاصل نمی‌شد.

Aber er wusste, dass auch im Bett zu bleiben keine Option war.

اما او می‌دانست که ماندن در رختخواب هم چاره‌ی دیگری نیست.

Alles zu opfern war die vernünftigste Option.

فدا کردن همه چیز معقول‌ترین گزینه بود.

Er klammerte sich an den kleinsten Hoffnungsschimmer, jemals wieder aufstehen zu können.

او به کوچکترین امیدی برای بیرون آمدن از رختخواب چسبیده بود.

Wenn ihm das gelingt, hat sich das ganze Risiko gelohnt.

اگر او از پس این کار بر می‌آمد، تمام ریسک‌ها ارزشش را داشت.

Doch gleichzeitig erinnerte er sich auch an etwas anderes.

اما همزمان چیز دیگری را هم به یاد آورد.

„Besser als verzweifelte Entscheidungen sind ruhige Überlegungen.“

»بهتر از تصمیمات ناامیدانه، تأملات آرام است«.

Mit aller Kraft konzentrierte er seinen Blick auf das Fenster.

با تمام تلاشش، چشمانش را به پنجره دوخت.

Doch was er sah, stimmte ihn wenig zuversichtlich und erfreute ihn nicht.

اما آنچه دید، اعتماد به نفس و دلگرمی کمی برایش به ارمغان آورد.

Der Morgennebel hüllte die gesamte enge Straße ein.

مه صبحگاهی تمام کوچه باریک را پوشانده بود.

Der Wecker klingelte erneut; es war nun sieben Uhr.

ساعت دوباره زنگ زد؛ حالا ساعت هفت بود.

„Es ist bereits sieben Uhr und es ist immer noch so neblig.“

»ساعت هفت است و هنوز مه غلیظی وجود دارد«.

Eine Zeitlang lag er still da und atmete nur schwach.

مدتی بی‌صدا دراز کشید و فقط به سختی نفس می‌کشید.

Vielleicht würde etwas Ruhe eine gewisse Normalität herbeiführen.

شاید کمی سکوت، اوضاع را به حالت عادی برگرداند.

Völliges Schweigen könnte die wahren Zustände herbeiführen.

سکوت کامل می‌تواند شرایط واقعی را به وجود آورد.

Doch bevor die Uhr erneut schlug, durchbrach er das Schweigen.

اما قبل از اینکه ساعت دوباره زنگ بزند، او سکوت را شکست.

Bevor die Uhr wieder schlägt, muss ich aus dem Bett sein.

»قبل از اینکه ساعت دوباره زنگ بزند، باید از رختخواب بیرون آمده باشم«.

„Ich muss bis dahin unbedingt komplett aus dem Bett sein.“

»من قطعاً باید تا آن موقع کاملاً از رختخواب بیرون آمده باشم«.

„Nach Viertel nach sieben schickt das Büro jemanden.“

»بعد از ساعت هفت و ربع، اداره یک نفر را خواهد فرستاد«.

„Weil das Büro vor sieben Uhr öffnete.“

»چون اداره قبل از ساعت هفت باز می‌شد«.

Und nun begann er, seinen Körper aus dem Bett zu schaukeln.

و حالا شروع کرد به تکان دادن بدنش از تخت بیرون کشیدن.

Er hatte aufgehört, sich auf seinen Ober- oder Unterkörper zu konzentrieren.

او تمرکز روی بالاتنه یا پایین‌تنه‌اش را کنار گذاشته بود.

Sein ganzer Körper musste aus dem Bett herausragen.

تمام طول بدنش مجبور بود از تخت جدا شود.

Bei einem Sturz in diese Richtung sollte sein Kopf geschützt sein, dachte er.

با خودش فکر کرد، افتادن به این شکل باید از سرش محافظت کند.

Er hatte geplant, den Kopf zu heben, sobald er auf dem Boden aufschlug.

او قصد داشت وقتی به زمین خورد، سرش را بالا بیاورد.

Sein Rücken schien hart genug für den Aufprall zu sein.

به نظر می‌رسید پشت بدنش برای این ضربه به اندازه کافی سفت شده است.

Und der Teppich diente dazu, die Landung abzufedern.

و فرش آنجا بود تا فرود آمدن را نرم کند.

Seine größte Sorge galt jedoch dem Lärm.

با این حال، بزرگترین نگرانی او سر و صدای زیاد بود.

Das krachende Geräusch würde alle im Haus erschrecken.

صدای شکستن شیشه‌ها همه اهل خانه را ترسانده بود.

Vielleicht hätten sie keine Angst vor dem lauten Lärm.

شاید آنها از صدای بلند وحشت نمی‌کردند.

Aber sie wären mit Sicherheit besorgt, wenn sie davon hörten.

اما اگر می‌شنیدند، مطمئناً نگران می‌شدند.

Man musste aber das Risiko eingehen, Aufmerksamkeit zu erregen.

اما باید ریسک جلب توجه را به جان می‌خرید.

Die neue Methode war eher ein Spiel als eine Anstrengung.

روش جدید بیشتر شبیه یک بازی بود تا یک تلاش.

Er musste seinen Körper in plötzlichen und ruckartigen Bewegungen hin und her wiegen.

او مجبور بود بدنش را با حرکات ناگهانی و تند تکان دهد.

Gregor war schon halb aus dem Bett aufgestanden.

گرگور تقریباً از رختخواب بیرون آمده بود.

Nun kam ihm gerade ein neuer Gedanke.

حالا فکر جدیدی به ذهنش خطور کرده بود.

„Es wäre alles so einfach, wenn mir jemand zu Hilfe käme."

«اگر کسی به کمکم بیاید، همه چیز خیلی آسان می‌شود».

„Zwei kräftige Personen würden völlig ausreichen."

«دو نفر آدم قوی کاملاً کافی هستند».

Sein Vater und das Dienstmädchen wären stark genug.

پدرش و خدمتکارش به اندازه کافی قوی بودند.

Sie müssten nur ihre Arme unter seinen Rücken schieben.

آنها فقط کافی بود دست‌هایشان را زیر کمرش ببرند.

Und dann könnten sie ihn ganz leicht aus dem Bett ziehen.

و بعد به راحتی می‌توانستند او را از تخت بیرون بکشند.

Vielleicht hätten sie sein Gewicht langsam reduzieren müssen.

شاید مجبور می‌شدند وزنش را آرام آرام کم کنند.

Hoffentlich hätten die Beine dann ihren Zweck gefunden.

امیدوارم در آن صورت پاها هدف خود را پیدا کرده باشند.

Wäre es nicht letztendlich besser, um Hilfe zu rufen?

»بهتر نیست بالاخره زنگ بزنیم و کمک بخواهیم؟«

Das Problem war natürlich, dass er die Türen abgeschlossen hatte.

البته مشکل این بود که او درها را قفل کرده بود.

Irgendwie hatte der Gedanke etwas, das ihn amüsierte.

چیزی در مورد این فکر وجود داشت که او را قلقلک می‌داد.

Und trotz seiner Notlage konnte er sich ein Lächeln nicht verkneifen.

و با وجود سختی‌هایی که متحمل می‌شد، نمی‌توانست لبخندش را فرو بنشاند.

Er war schon kurz davor, das Gleichgewicht zu verlieren.

حالا دیگر نزدیک بود تعادلش را از دست بدهد.

Mit jedem Schwung kam er dem Umkippen vom Bett näher.

هر تکانی که به تخت می‌خورد، او را به پرت شدن از تخت نزدیک‌تر می‌کرد.

Bald musste er die endgültige Entscheidung treffen.

به زودی او مجبور بود تصمیم نهایی را بگیرد.

In fünf Minuten würde es Viertel nach sieben sein.

پنج دقیقه‌ی دیگر ساعت هفت و ربع می‌شد.

Während er diesen Gedanken nachging, klingelte es an der Tür.

در حالی که داشت به این افکار فکر می‌کرد، زنگ در به صدا درآمد.

„Das ist jemand aus dem Büro", sagte er zu sich selbst.

با خودش گفت: «اون یکی از اعضای اداره‌ست».

Und er erstarrte fast vor Angst angesichts des Besuchers.

و او تقریباً از ترس حضور مهمان، خشکش زد.

Seine Beine tanzten noch wilder als zuvor.

پاهایش حتی وحشی‌تر از قبل می‌رقصیدند.

Doch dann herrschte einen Moment lang Stille.

اما ناگهان، برای لحظه‌ای همه چیز ساکت شد.

„Sie werden die Tür nicht öffnen", sagte Gregor zu sich selbst.

گرگور با خودش گفت: «در را باز نمی‌کنند».

Er war noch immer einer sinnlosen Hoffnung verfallen.

او هنوز درگیر نوعی امید واهی بود.

Doch dann ging das Dienstmädchen natürlich zur Tür.

اما بعد، البته، خدمتکار به سمت در رفت.

Und wie immer öffnete sie dem Besucher die Tür.

و مثل همیشه، در را به روی مهمان باز کرد.

Gregor brauchte nur die erste Begrüßung des Besuchers zu hören.

گرگور فقط کافی بود اولین سلام مهمان را بشنود.

Er konnte sofort erkennen, wer ihn gesucht hatte.

او می‌توانست فوراً تشخیص دهد که چه کسی به سراغش آمده است.

Der Hauptschreiber selbst war gekommen, um nach Samsa zu sehen.

خودِ رئیس دفتردار آمده بود تا سامسا را بررسی کند.

Warum war Gregor der Einzige, der zu diesem Schicksal verurteilt wurde?

چرا گرگور تنها کسی بود که به این سرنوشت محکوم شد؟

Warum musste ausgerechnet er in einer solchen Organisation dienen?

چرا فقط او باید در چنین سازمانی خدمت می‌کرد؟

Das geringste Versehen weckte sofort Misstrauen.

کوچکترین غفلتی فوراً سوءظن ایجاد می‌کرد.

Waren alle Angestellten, die dort arbeiteten, Schurken?

آیا همه کارمندانی که آنجا کار می‌کردند، رذل بودند؟

Gab es denn keinen treuen und ergebenen Menschen unter ihnen?

آیا در میان آنها فرد مؤمن و فداکاری نبود؟

Hätten sie nicht einfach einen Lehrling schicken können?

نمی‌تونستن یه کارآموز بفرستن؟

War diese ganze Infragestellung überhaupt notwendig?

آیا واقعاً این همه سوال و جواب لازم بود؟

Musste der Bevollmächtigte persönlich erscheinen?

آیا نماینده تام الاختیار باید خودش می آمد؟

Musste wirklich die gesamte unschuldige Familie informiert werden?

آیا لازم بود تمام خانواده بی‌گناه مطلع شوند؟

All diese Überlegungen veranlassten Gregor zum Handeln.

همه این ملاحظات، گرگور را به اقدام واداشت.

Er schwang sich mit aller Kraft aus dem Bett.

با تمام توانش خودش را از تخت پایین کشید.

Es gab einen lauten Knall, aber es war eigentlich kein richtiges Geräusch.

صدای بلندی آمد، اما در واقع صدای بلندی نبود.

Der Fall wurde durch den Teppich etwas abgemildert.

شدت سقوط به خاطر فرش کمی کمتر شده بود.

Sein Rücken war elastischer, als Gregor angenommen hatte.

کمرش از آنچه گرگور فکر می‌کرد، انعطاف‌پذیرتر بود.

Der Klang war also dumpfer und nicht so auffällig.

بنابراین صدا کسل کننده تر بود و چندان قابل توجه نبود.

Doch er hatte seinen Kopf während des Sturzes nicht geschützt.

اما او در طول سقوط از سرش مراقبت نکرده بود.

Und als er auf den Boden aufschlug, schlug er auch mit dem Kopf auf.

و وقتی به زمین خورد، سرش هم به زمین خورد.

Er rieb sich vor Wut und Schmerz den Kopf am Teppich.

از شدت خشم و درد سرش را روی فرش می‌مالید.

Der Manager im Nachbarzimmer hörte jedoch den Lärm.

اما مدیر اتاق بغلی صدا را شنید.

„Da ist etwas hineingefallen", stellte er richtig fest.

او به درستی اظهار داشت: «چیزی آنجا افتاد».

Gregor versuchte, sich den Manager in seine Lage zu versetzen.

گرگور سعی کرد مدیر را در موقعیت خودش تصور کند.

„Könnte ihm dasselbe passieren?", fragte er sich.

با خودش فکر کرد: «ممکن است همین اتفاق برای او هم بیفتد؟»

Er akzeptierte, dass dieses seltsame Ereignis möglich sein könnte.

او پذیرفت که این اتفاق عجیب می‌تواند امکان‌پذیر باشد.

Und dann ging der Hauptsekretär ein paar Schritte in den Raum.

و سپس دفتردار چند قدم به سمت اتاق برداشت.

Es war fast schon eine plumpe Antwort auf seine Frage.

تقریباً جواب خامی به سوالی که او پرسیده بود، بود.

Seine Lederstiefel knarrten, als er sich der Tür näherte.

چکمه‌های چرمی‌اش وقتی به در نزدیک می‌شد، جیرجیر می‌کردند.

Aus dem Zimmer zu seiner Rechten flüsterte ihm seine Magd zu.

خدمتکارش از اتاق سمت راستش با او نجوا کرد.

„Gregor, der Bevollmächtigte, ist hier."

»گرگور، نماینده‌ی تام‌الاختیار اینجاست».

„Ich weiß", sagte Gregor, aber nur leise zu sich selbst.

گرگور گفت: «می‌دانم.» اما فقط آرام و با خودش.

Er wagte es nicht, seine Stimme lauter als ein Flüstern zu erheben.

جرات نداشت صدایش را از زمزمه بالاتر ببرد.

Weil Gregor nicht wollte, dass seine Schwester ihn hörte.

چون گرگور نمی‌خواست خواهرش حرفش را بشنود.

„Gregor", sagte der Vater aus dem Zimmer links.

پدر از اتاق سمت چپ گفت: «گرگور».

Der Manager ist gekommen, um nach dem Rechten zu sehen.

»مدیر آمده تا بررسی کند مشکل چیست».

„Er fragte, warum du nicht den frühen Zug genommen hast."

»او پرسید چرا با قطار صبح زود نرفتی؟»

„Wir wissen nicht, was wir ihm sagen sollen", sagte der Vater.

پدر گفت: «ما نمی‌دانیم به او چه بگوییم».

„Übrigens möchte er auch persönlich mit Ihnen sprechen."

»ضمناً، او همچنین می‌خواهد شخصاً با شما صحبت کند».

„Bitte öffnen Sie die Tür, damit er mit Ihnen sprechen kann."

»لطفاً در را باز کنید تا او بتواند با شما صحبت کند».

„Er wird so freundlich sein, das Chaos im Zimmer zu entschuldigen."

»او لطف خواهد کرد و به خاطر بهم ریختگی اتاق عذرخواهی خواهد کرد».

"Guten Morgen, Herr Samsa", rief ihm der Manager zu.

مدیر او را صدا زد: «صبح بخیر، آقای سامسا.»

Und er sprach ganz gewiss in freundlicher Weise mit ihm.

و او مطمئناً با او دوستانه صحبت کرد.

„Es geht ihm nicht gut", sagte die Mutter zum Manager.

مادر به مدیر گفت: «حالش خوب نیست».

„Es geht ihm überhaupt nicht gut, glauben Sie mir, lieber Manager."

»حالش اصلاً خوب نیست، باور کنید مدیر عزیز».

"Warum sonst sollte Gregor den Morgenzug verpassen?"

»وگرنه چرا گرگور باید قطار صبح را از دست بدهد؟»

„Der Junge hat nichts anderes im Kopf als das Geschäft."

»این پسر به هیچ چیز جز تجارت فکر نمی‌کند».

„Es ärgert mich fast, dass er nichts anderes tut."

»تقریباً از اینکه او هیچ کار دیگری نمی‌کند، اذیتم می‌کند».

„Ich wünschte, er würde abends an die frische Luft gehen."

کاش عصرها برای هوای تازه بیرون می‌رفت.

„Er war acht Tage geschäftlich in der Stadt."

او هشت روز برای کار در شهر بود.

„Aber er war ja jeden dieser Abende zu Hause."

»اما بعد او هر شب در خانه بود»

„Er sitzt an unserem Tisch und liest die Zeitung."

او سر میز ما می‌نشیند و روزنامه می‌خواند.

„Manchmal studiert er auch die Fahrpläne der Züge."

»در مواقع دیگر، او جدول زمانی قطارها را مطالعه می‌کند».

„Manchmal beschäftigt er sich mit Tischlerarbeiten."

»گاهی اوقات خودش را با نجاری سرگرم می‌کند».

„Zum Beispiel schnitzte er einen kleinen Bilderrahmen aus Holz."

مثلاً یک قاب عکس چوبی کوچک را تراشید».

„An zwei oder drei Abenden war er mit der Säge beschäftigt."

»دو یا سه شب تمام مشغول اره کردن بود».

„Sie werden staunen, wie hübsch der Bilderrahmen ist."

»از زیبایی قاب عکس شگفت‌زده خواهید شد«.

„Er hat den Bilderrahmen in seinem Zimmer aufgehängt.“

»قاب عکس را در اتاقش آویزان کرده است«.

„Wenn er die Tür öffnet, werden Sie seine Holzarbeiten sehen.“

»وقتی در را باز کند، کارهای چوبی‌اش را خواهی دید«.

„Übrigens freut es mich, dass Sie hier sind, Herr Prokurist.“

»راستی، خوشحالم که اینجا هستید، آقای پروکوریست«.

„Wir allein hätten Gregor nicht dazu bringen können, die Tür zu öffnen.“

ما به تنهایی نمی‌توانستیم گرگور را مجبور به باز کردن در کنیم.

„Er ist so stur“, gestand seine Mutter dem Angestellten.

مادرش به فروشنده اعتراف کرد: »او خیلی لجباز است«.

„Er ist ganz sicher krank, obwohl er das vorher bestritten hat.“

»او قطعاً حالش خوب نیست، هرچند قبلاً این را انکار می‌کرد«.

„Ich komme gleich“, sagte Gregor langsam und bedächtig.

گرگور آهسته و با احتیاط گفت: »الان میام«.

Doch er machte keine Anstalten, sich der Tür des Zimmers zuzuwenden.

اما او هیچ حرکتی به سمت در اتاق نکرد.

Er wollte kein Wort des Gesprächs verpassen.

نمی‌خواست حتی یک کلمه از مکالمه را از دست بدهد.

Der Hauptsekretär stimmte der Einschätzung der Mutter zu.

دفتردار ارشد با ارزیابی مادر موافق بود.

"Ich kann es Ihnen auch nicht anders erklären, Madam."

»من هم نمی‌توانم جور دیگری توضیح بدهم، خانم«.

„Hoffen wir alle, dass er keine schwere Krankheit hat“, sagte er.

او گفت: »بیایید همه ما امیدوار باشیم که او بیماری جدی نداشته باشد«.

„Andererseits stellt es eine Gefahr in unserer Branche dar.“

از طرف دیگر، این یک خطر در صنعت ما است.

„Wir Geschäftsleute müssen oft Unannehmlichkeiten überwinden.“

ما تاجران اغلب باید بر ناراحتی غلبه کنیم.

„Profis müssen leichte Schmerzen einfach aushalten.“

»حرفه‌ای‌ها فقط باید دردهای جزئی را تحمل کنند«.

Währenddessen klopfte sein Vater erneut an die andere Tür.

در همین حال، پدرش دوباره درِ دیگر را زد.

„Kann der Hauptsekretär jetzt hereinkommen?“, wollte er wissen.

می‌خواست بداند: »آیا الان رئیس دفتردار می‌تواند بیاید داخل؟«

"Nein, das kann er nicht", antwortete Gregor auf die Frage seines Vaters.

گرگور در پاسخ به سوال پدرش گفت: »نه، نمی‌تواند«.

Im Raum links von uns herrschte betretenes Schweigen.

سکوت عجیبی اتاق سمت چپ را فرا گرفت.

Im Zimmer rechts begann die Schwester zu schluchzen.

در اتاق سمت راست، خواهر شروع به هق هق کرد.

Warum war die Schwester nicht zu den anderen gegangen?

چرا خواهرش نرفته بود پیش بقیه؟

Sie war wahrscheinlich gerade erst aufgestanden, dachte er.

با خودش فکر کرد، احتمالاً تازه از رختخواب بیرون آمده بود.

Vielleicht hatte sie noch gar nicht angefangen, sich anzuziehen.

شاید هنوز لباس پوشیدن را شروع نکرده باشد.

Gregor aber verstand nicht, warum sie weinte.

اما گرگور نمی‌توانست بفهمد که چرا او گریه می‌کند.

Lag es daran, dass er nicht aufgestanden war und den Manager hereingelassen hatte?

آیا به این خاطر بود که بلند نشد و مدیر را به داخل راه نداد؟

Lag es daran, dass er Gefahr lief, seinen Job zu verlieren?

آیا به این دلیل بود که او در خطر از دست دادن شغلش بود؟

Könnte der Chef wie früher gegen die Eltern vorgehen?

آیا ممکن است رئیس مثل قبل دنبال والدین بیاید؟

Würde er seine alten Forderungen an sie wiederholen?

آیا او دوباره قرار بود خواسته‌های قدیمی را از آنها مطرح کند؟

Diese Dinge waren wahrscheinlich unnötig.

احتمالاً لازم نبود نگران این چیزها باشید.

Im Moment hatte sie keinen Grund zu weinen.

فعلاً دلیلی برای گریه کردن نداشت.

Gregor war noch da und sorgte für seine Familie.

گرگور هنوز اینجا بود و مخارج خانواده را تأمین می‌کرد.

Und er hatte nie die Absicht, die Familie zu verlassen.

و او هرگز قصد ترک خانواده را نداشت.

Im Moment lag er einfach nur da auf dem Teppich.

فعلاً او فقط همانجا روی فرش دراز کشیده بود.

Die Familie wusste nichts von seinem Zustand.

خانواده از وضعیت او خبر نداشتند.

**Hätten sie das gewusst, hätten sie seinen Chef nicht
ermutigt.**

اگر می‌دانستند، رئیسش را تشویق نمی‌کردند.

Sie hätten nicht einmal den Manager ins Haus gelassen.

آنها حتی مدیر را هم به خانه راه نمی‌دادند.

Ihn abzuweisen wäre nicht besonders unhöflich gewesen.

دور کردن او خیلی بی‌ادبانه نمی‌بود.

**Er hätte später problemlos eine passende Ausrede finden
können.**

او می‌توانست بعداً به راحتی بهانه‌ی مناسبی پیدا کند.

Dafür hätte er nicht entlassen werden können.

این چیزی نبود که بشود به خاطرش او را اخراج کرد.

**Gregor war der Ansicht, dass es jetzt vernünftiger wäre,
allein gelassen zu werden.**

گرگور احساس کرد که حالا تنها ماندن معقول‌تر است.

Ihn durch Weinen und Reden zu stören, brachte wenig.

اذیت کردنش با گریه و حرف زدن فایده‌ی چندانی نداشت.

Doch die anderen beunruhigte die Ungewissheit.

اما این عدم قطعیت بود که دیگران را آزار می‌داد.

Und genau diese Unsicherheit entschuldigte ihr Verhalten.

و همین عدم قطعیت بود که رفتار آنها را توجیه می‌کرد.

„Herr Samsa!“, rief der Manager mit erhobener Stimme.

مدیر با صدای بلند فریاد زد: «آقای سامسا».

„Was ist los mit dir?“, wollte er wissen.

می‌خواست بداند: «چه اتفاقی برایت افتاده؟»

„Du hast dich in deinem Zimmer verbarrikadiert.“

«خودت را در اتاقت حبس کرده‌ای».

„Sie antworten nur mit ‚Ja‘ oder ‚Nein‘.“

«شما فقط با «بله» یا «خیر» پاسخ می‌دهید».

„Du bereitest deinen Eltern große Sorgen.“

«تو داری پدر و مادرت رو خیلی نگران می‌کنی».

„Ich sehe keinen guten Grund, warum Sie sie beunruhigen
sollten.“

«من دلیل خوبی نمی‌بینم که چرا باید آنها را نگران کنی».

„Es gibt da noch eine Sache, die ich nebenbei erwähnen
möchte.“

«یک نکته دیگر هم هست که در حاشیه به آن اشاره می‌کنم».

„Sie vernachlässigen auch Ihre geschäftlichen Pflichten uns
gegenüber.“

«شما همچنین وظایف کاری خود را در قبال ما نادیده می‌گیرید».

„Eine solche Verantwortungslosigkeit entspricht so gar nicht
Ihrem Charakter.“

«چنین بی‌مسئولیتی کاملاً از شخصیت شما دور است».

„Ich spreche hier im Namen Ihrer Eltern und Ihres Chefs.“

«من اینجا از طرف والدین و رئیست صحبت می‌کنم».

„Und ich bitte Sie um eine sofortige und klare Erklärung.“

و از شما توضیح فوری و واضح می‌خواهم.

„Das Ganze erstaunt mich wirklich, das muss ich sagen.“

»باید بگویم که کل این ماجرا واقعاً مرا شگفت‌زده می‌کند«.

„Ich dachte, ich kenne dich als ruhigen und vernünftigen Menschen.“

»فکر می‌کردم شما را به عنوان یک فرد آرام و منطقی می‌شناسم«.

„Aber jetzt zeigst du uns eine andere Seite von dir.“

اما حالا داری جنبه‌ی دیگه‌ای از خودت رو بهمون نشون میدی.

„Plötzlich zeigst du deine ganz eigenen Launen.“

»ناگهان داری هوس‌های عجیب و غریبت رو نشون میدی«.

„Aber es könnte eine Erklärung für Ihr Scheitern geben.“

»اما شاید توضیحی برای شکست شما وجود داشته باشد«.

„Der Chef erwähnte eine Forderung, die Sie für uns eingetrieben hatten.“

»رئیس از بدهی‌ای که شما برای ما جمع‌آوری کرده بودید، صحبت کرد«.

"Ich habe dem Chef in Ihrem Namen mein Ehrenwort gegeben."

»من از طرف شما به رئیس قول شرف دادم«.

„Aber jetzt sehe ich deine unverständliche Sturheit.“

اما حالا لجاجت غیرقابل درک تو را می‌بینم.

"Vielleicht verliere ich auch noch jegliche Lust, dir überhaupt zu helfen."

»هنوز هم ممکن است تمام اشتیاقم را برای کمک به تو از دست بدهم«.

„Ihre Arbeitsplatzsicherheit ist keineswegs völlig stabil.“

»امنیت شغلی شما به هیچ وجه کاملاً پایدار نیست«.

„Eigentlich wollte ich euch das alles unter vier Augen erzählen.“

»اولش قصد داشتم همه این‌ها رو خصوصی بهت بگم«.

„Aber jetzt sehe ich, dass Sie wollen, dass ich hier meine Zeit verschwende.“

»اما حالا می‌بینم که می‌خواهی وقتم را اینجا تلف کنم«.

„Ich sehe also keinen Grund, warum deine Eltern das nicht wissen sollten."

»بنابراین دلیلی نمی‌بینم که پدر و مادرت ندانند«.

„Ihre Leistungen in letzter Zeit waren nicht zufriedenstellend."

»عملکرد اخیر شما رضایت‌بخش نبوده است«.

„Ich räume ein, dass die Verkäufe zu dieser Jahreszeit langsamer laufen."

»قبول دارم که فروش در این موقع از سال کمتر است«.

„Aber es gibt keine Jahreszeit, in der es keine Verkäufe gibt."

اما هیچ زمانی از سال بدون فروش نیست.

Für einen Moment vergaß Gregor alles um sich herum.

برای لحظه‌ای گرگور همه چیز را در اطرافش فراموش کرد.

„Aber Herr Prokurist!", rief Gregor verzweifelt aus.

گرگور با ناامیدی فریاد زد: »اما آقای پروکوریست«!

"Ich öffne die Tür sofort, jetzt gleich, keine Sorge."

»الان در رو باز می‌کنم، همین الان، نگران نباش«.

„Das Problem ist, dass ich mich ziemlich unwohl fühle."

»مشکل این است که من کاملاً احساس ناخوشی می‌کنم«.

„Mir war schwindelig, deshalb konnte ich die Tür nicht erreichen."

سرگیجه‌ام مانع از رسیدنم به در شد.

„Ich liege zwar noch im Bett, aber es geht mir schon viel besser."

»هنوز روی تخت دراز کشیده‌ام، اما حالم خیلی بهتر است«.

"Einen Moment bitte, ich stehe gerade erst auf."

»یه لحظه لطفا، دارم از رختخواب بیرون میام«.

"Einen Moment Geduld, Herr Prokurist, ist alles, worum ich bitte."

»آقای پروکوریست، فقط یک لحظه صبر از شما می‌خواهم«.

„Es läuft nicht so gut, wie ich dachte, aber ich werde es schon schaffen.“

»اونطور که فکر می‌کردم خوب پیش نمی‌ره، اما من خوب خواهم شد«.

"Wie kann so etwas einem Menschen so schnell passieren?"

چطور ممکن است چنین اتفاقی به این سرعت برای یک نفر بیفتد؟

„Mir ging es gestern Abend gut, das wissen meine Eltern.“

»دیشب حالم خوب بود، پدر و مادرم این را می‌دانند«.

„Aber vielleicht hatte ich damals schon eine kleine Vorahnung.“

»اما شاید من همان موقع کمی پیش‌آگاهی داشتم«.

„Man könnte sich fragen, warum ich es nicht im Büro gemeldet habe.“

»شاید بپرسید چرا آن را به دفتر گزارش ندادم«.

„Ich dachte, ich würde mich morgen früh wieder viel besser fühlen.“

فکر می‌کردم صبح دوباره حالم خیلی بهتر می‌شود.

„Man denkt immer, dass sie die Krankheit bis dahin besiegt haben werden.“

آدم همیشه فکر می‌کند که تا آن موقع بر بیماری غلبه خواهد کرد.

„Aber bitte! Verschonen Sie meine Eltern vor diesen Anschuldigungen!“

»اما لطفا! پدر و مادرم را از این اتهامات در امان بدار«!

„Mir wurde kein Wort von dem erzählt, was Sie mir erzählt haben.“

»حتی یک کلمه هم از چیزهایی که به من گفتی به من نگفته‌اند«.

„Sie haben möglicherweise die letzten von mir versandten Befehle nicht gelesen.“

»شاید آخرین سفارش‌هایی که فرستادم را نخوانده باشی«.

„Übrigens, du brauchst dir heute keine Sorgen um mich zu machen.“

»راستی، امروز لازم نیست نگران من باشی«.

„Ich werde trotzdem den Zug um acht Uhr nehmen.“

»من هنوز هم با قطار ساعت هشت میرم».

„Die wenigen Stunden Ruhe haben mich ausreichend gestärkt.“

»چند ساعت استراحت به اندازه کافی مرا تقویت کرده است».

"Sie müssen wirklich nicht warten, Manager."

»واقعاً نیازی نیست منتظر بمانید، مدیر».

„Auch ich werde schon bald im Büro sein.“

»من هم خیلی زود در دفتر خواهم بود».

"Und bitte seien Sie so freundlich, ein gutes Wort für mich einzulegen."

»و لطفاً خیلی لطف کنید و یک جمله‌ی خوب در مورد من بنویسید».

Gregor hatte seine Erklärung recht hastig vorgetragen.

گرگور توضیحاتش را با عجله بیان کرده بود.

Er wusste selbst kaum, was er eigentlich sagen wollte.

او به سختی می‌دانست که واقعاً سعی دارد چه بگوید.

Er ging zu der Kiste und versuchte, sich daran hochzuziehen.

او به سمت جعبه رفت و سعی کرد با آن بایستد.

Er hatte wirklich die feste Absicht, die Tür zu öffnen.

او واقعاً تمام نیتش را داشت که در را باز کند.

Er wollte vom Bevollmächtigten empfangen werden.

او می‌خواست نماینده‌ی مجاز او را ببیند.

Und er wollte das Problem persönlich mit ihm lösen.

و او می‌خواست شخصاً مشکل را با او حل کند.

Er war gespannt darauf, wie die anderen auf ihn reagieren würden.

او مشتاق بود بداند واکنش بقیه نسبت به او چگونه خواهد بود.

Sie sind bestimmt inzwischen auch gespannt darauf, wie es ihm geht.

آنها الان حتماً مشتاقند ببینند حالش چطور است.

Es gab zwei mögliche Arten, wie sie auf ihn reagieren konnten.

دو راه ممکن وجود داشت که آنها می‌توانستند در برابر او واکنش نشان

دهند.

Eine Möglichkeit war, dass sie Angst bekommen würden.

یک احتمال این بود که آنها ترسیده باشند.

Wenn sie Angst hatten, dann trug er keine Verantwortung.

اگر آنها ترسیده بودند، پس او هیچ مسئولیتی نداشت.

Und dann müsste er sich keine Sorgen mehr um die
Situation machen.

و آنگاه او دیگر نگران اوضاع نخواهد بود.

Es gab aber auch noch eine andere Möglichkeit, die man in
Betracht ziehen musste.

اما احتمال دیگری هم برای فکر کردن وجود داشت.

Vielleicht würden sie ihn so, wie er war, einfach hinnehmen.

شاید آنها با آرامش او را همانطور که بود می‌پذیرفتند.

Dann hätte auch Gregor keinen Grund, sich aufzuregen.

آنوقت گرگور هم دلیلی برای ناراحت شدن نمی‌داشت.

Es bliebe noch genügend Zeit, den Zug zu erreichen.

هنوز زمان کافی برای رسیدن به قطار وجود خواهد داشت.

Das Aufrechtstehen war jedoch alles andere als einfach.

با این حال، ایستادن روی پای راست به هیچ وجه کار آسانی نبود.

Bei seinen ersten Versuchen rutschte er von der Kiste ab.

در چند تلاش اولش، از جعبه لیز خورد و افتاد.

Die Kiste war zu glatt, als dass er sich dagegen stemmen
konnte.

جعبه بیش از حد صاف بود که او بتواند در مقابل آن بایستد.

Und schließlich gab er sich noch einen letzten Anstoß, um
aufzustehen.

و بالاخره آخرین هلش را برای بلند شدن داد.

Er schenkte den Schmerzen in seinem Bauch keine
Beachtung mehr.

دیگر به درد شکمش توجهی نکرد.

Egal wie groß der Schmerz sein würde, er würde es
durchstehen.

مهم نبود درد چقدر باشد، او از آن عبور می‌کرد.

Er ließ sich gegen die Lehne eines nahegelegenen Stuhls
fallen.

او خودش را رها کرد و به پشتی صندلی‌ای که در همان نزدیکی بود، تکیه
داد.

Und er hielt sich mit seinen kleinen Beinchen am Rand fest.

و با پاهای کوچکش لبه‌ها را محکم گرفته بود.

Zu diesem Zeitpunkt hatte er sich besser im Griff.

در این مرحله او کنترل بیشتری بر خودش پیدا کرده بود.

Und sein Fall war stiller als der vorherige.

و سقوط او از سقوط قبلی بی‌صداتر بود.

Weil er dem Manager zuhören musste.

چون مجبور بود به حرف مدیر گوش کند.

„Habt ihr irgendetwas davon verstanden?", fragte er die
Eltern.

از والدین پرسید: «چیزی از آن را فهمیدید؟»

"Er würde uns doch nicht zum Narren halten, oder?"

«اون که ما رو مسخره نمی‌کنه، نه؟»

„Um Gottes Willen!", rief die Mutter und weinte bereits.

مادر که دیگر داشت گریه می‌کرد، فریاد زد: «به خاطر خدا».

„Er könnte schwer krank sein und wir quälen ihn."

شاید او سخت بیمار باشد و ما او را عذاب می‌دهیم».

"Grete! Grete!", schrie sie ihrer Tochter zu.

او به دخترش فریاد زد: «گرت! گرت»!

„Mutter?", rief die Schwester von der anderen Seite.

خواهر از آن طرف صدا زد: «مادر؟»

Dann kommunizierten sie durch Gregors Zimmer.

سپس آنها از طریق اتاق گرگور با هم ارتباط برقرار کردند.

„Gregor ist sehr krank und braucht Medikamente."

گرگور خیلی مریض است و به دارو نیاز دارد.

„Sie müssen sofort zum Arzt gehen.“

»باید فوراً به پزشک مراجعه کنی«.

Hast du gehört, wie Gregor eben gesprochen hat?

»شنیدی گرگور الان چطور حرف زد؟«

„Das war die Stimme eines Tieres“, sagte der Manager.

مدیر گفت: »این صدای یک حیوان بود«.

Seine Worte waren leise im Vergleich zu den Schreien der Mutter.

کلماتش در مقایسه با فریادهای مادر آرام بود.

"Anna! Anna!", rief der Vater durch das Vorzimmer.

پدر از توی اتاق انتظار صدا زد: »آنا! آنا«!

Und er klatschte in die Hände, um ihre Aufmerksamkeit zu erregen.

و برای جلب توجه آنها، دست‌هایش را به هم زد.

"Holt sofort einen Schlüsseldienst!", befahl er dem Dienstmädchen.

به خدمتکار دستور داد: »فوراً یک قفل‌ساز خبر کنید«!

Die Mädchen rannten in ihren Röcken durch das Vorzimmer.

دخترها، با دامن‌هایشان، از اتاق انتظار دویدند.

Und ihre Röcke raschelten, als sie an seinem Zimmer vorbeiliefen.

و دامن‌هایشان خش‌خش می‌کرد، در حالی که از کنار اتاقش می‌دویدند.

„Wie konnte sich die Schwester so schnell anziehen?“, dachte er.

با خودش فکر کرد: »چطور خواهر اینقدر سریع لباس پوشید؟«

Die Tür war aufgerissen, aber nicht zugeschlagen.

در از جا کنده شده بود، اما محکم بسته نشده بود.

Dies kommt häufig in Haushalten vor, in denen ein großes Unglück geschieht.

این اتفاق در خانه‌هایی که بدبختی بزرگی رخ می‌دهد، رایج است.

All das hatte Gregor jedoch deutlich ruhiger gemacht.

اما همه اینها باعث شده بود گرگور خیلی آرام‌تر شود.

Als er seine eigenen Worte hörte, erschienen sie ihm klar.

وقتی کلمات خودش را شنید، به نظرش واضح آمدند.

Tatsächlich war er der Ansicht, seine Worte seien eigentlich klarer gewesen.

در واقع او احساس می‌کرد که کلماتش واضح‌تر شده‌اند.

Die anderen aber verstanden nicht mehr, was er sagte.

اما بقیه دیگر حرف‌هایش را نمی‌فهمیدند.

Vielleicht hatte er sich inzwischen an seine Ohren gewöhnt.

شاید تا حالا به گوش‌هایش عادت کرده بود.

Aber zumindest verstanden sie seine Situation jetzt besser.

اما حداقل حالا آنها موقعیت او را بهتر درک می‌کردند.

Sie erkannten, dass mit ihm tatsächlich etwas nicht stimmte.

آنها فهمیدند که واقعاً مشکلی با او وجود دارد.

Und sie taten nun alles, was sie konnten, um ihm zu helfen.

و حالا آنها تمام تلاش خود را برای کمک به او انجام می‌دادند.

Dies gab Gregor ein Gefühl des Selbstvertrauens, das ihm gefehlt hatte.

این به گرگور حس اعتماد به نفسی داد که کم داشت.

Und er fühlte sich in der Familie wieder viel sicherer.

و او دوباره در خانواده احساس امنیت بسیار بیشتری می‌کرد.

Er hatte das Gefühl, wieder in den menschlichen Kreis aufgenommen zu sein.

او احساس کرد که دوباره در دایره انسانیت قرار گرفته است.

Nun musste er hoffen, dass der Schlüsseldienst die Tür öffnen konnte.

حالا باید امیدوار بود که قفل‌ساز بتواند در را باز کند.

Und er hoffte, der Arzt könne solche Aufgaben ausführen.

و او امیدوار بود که دکتر بتواند چنین وظایفی را انجام دهد.

Er würde bald wieder mehr reden müssen.

او قرار بود به زودی دوباره بیشتر صحبت کند.

Seine Stimme musste so klar wie möglich sein.

قرار بود صدایش تا حد امکان واضح باشد.

Zur Vorbereitung auf das Treffen räusperte er sich.

برای آماده شدن برای جلسه، گلویش را صاف کرد.

Er bemühte sich jedoch, nur sehr leise zu husten.

با این حال، تمام تلاشش را کرد که فقط خیلی آرام سرفه کند.

Das Geräusch klang möglicherweise anders als ein menschlicher Husten.

ممکن است این صدا با سرفه انسان متفاوت بوده باشد.

Er wusste, dass er solche Dinge nicht mehr unterscheiden konnte.

او می‌دانست که دیگر نمی‌تواند چنین چیزهایی را از هم تشخیص دهد.

Im Nebenzimmer war es vollkommen still geworden.

در اتاق کناری کاملاً ساکت شده بود.

Die Eltern saßen wahrscheinlich am Tisch.

احتمالاً پدر و مادر سر سفره نشسته بودند.

Möglicherweise flüsterten sie mit dem Manager.

شاید داشتند با مدیر پچ پچ می‌کردند.

Vielleicht lehnten alle an der Tür und lauschten.

شاید همه به در تکیه داده بودند و گوش می‌دادند.

Gregor schob den Stuhl langsam in Richtung Tür.

گرگور به آرامی صندلی را به سمت در هل داد.

Er stemmte sich gegen die Tür und hielt sich aufrecht.

در را هل داد و خودش را صاف نگه داشت.

Er stellte fest, dass sich an seinen Fußsohlen ein wenig Klebstoff befand.

او فهمید که کف پاهایش کمی چسب دارد.

Und er ruhte sich dort einen Moment lang von der Anstrengung aus.

و او لحظه‌ای از شدت کار و تلاش، آنجا آرام گرفت.

Nachdem er sich ausreichend ausgeruht hatte, begann er mit der nächsten Aufgabe.

پس از استراحت کافی، او کار بعدی را شروع کرد.

Er begann, den Schlüssel mit dem Mund im Schloss zu drehen.

با دهانش شروع به چرخاندن کلید در قفل کرد.

Leider schien er gar keine Zähne zu haben.

متأسفانه، به نظر می‌رسید که او دندان واقعی ندارد.

Aber welche andere Möglichkeit hätte er gehabt, an die Schlüssel zu gelangen?

اما او چه راه دیگری برای گرفتن کلیدها داشت؟

Zum Glück für ihn waren seine Kiefer natürlich sehr kräftig.

خوشبختانه برای او، آرواره‌هایش البته بسیار قوی بودند.

Mit Hilfe seiner Kiefermuskeln brachte er den Schlüssel tatsächlich in Bewegung.

با کمک آرواره‌هایش واقعاً کلید را به حرکت درآورد.

Er hatte keinen Zweifel daran, dass er sich damit auch selbst schadete.

او شکی نداشت که به خودش هم آسیب می‌رساند.

Weil eine braune Flüssigkeit aus seinem Mund kam.

چون مایعی قهوه ای رنگ از دهانش بیرون می آمد.

Die braune Flüssigkeit ergoss sich über den Schlüssel und die Tür hinunter.

مایع قهوه‌ای رنگ از روی کلید جاری شد و از در پایین رفت.

Aber Gregor kümmerte es nicht, dass er sich selbst schadete.

اما گرگور اهمیتی نمی‌داد که دارد به خودش آسیب می‌رساند.

„Können Sie das hören?", fragte der Manager im Nebenraum.

مدیر اتاق بغلی گفت: «صدامو می‌شنوی؟»

„Er dreht den Schlüssel um", hatte der Manager bemerkt.

مدیر متوجه شده بود: «او دارد کلید را می‌چرخاند.»

Diese Worte waren eine große Ermutigung für Gregor.

این سخنان برای گرگور دلگرمی بزرگی بود.

Aber auch Vater und Mutter hätten rufen sollen:

اما پدر و مادر باید فریاد می‌زدند:

„Gut gemacht, Gregor!", hätten sie ihm zurufen sollen.

باید سرش داد می‌زدند: «آفرین، گرگور».

„Immer weiter, immer weiter am Schlüssel drehen, du schaffst das."

«ادامه بده، اون کلید رو بچرخون، تو می‌تونی انجامش بدی».

Stattdessen musste Gregor sich ihre Begeisterung vorstellen.

اما در عوض گرگور مجبور بود هیجان آنها را تصور کند.

Er presste die Zähne zusammen mit aller Kraft, die er hatte.

با تمام قدرتی که داشت، فکش را به هم فشرد.

Und er drehte den Schlüssel weiter im Schloss.

و همچنان کلید را در قفل می‌چرخاند.

Sein Körper wand sich schmerzhaft im Kreis.

بدنش با درد دور خودش به شکل دایره‌ای پیچید.

Er konnte sich nur noch mit dem Mund aufrecht halten.

حالا او فقط با دهانش خودش را سرپا نگه داشته بود.

Um den Schlüssel weiterzudrehen, drückte er gegen die Tür.

برای اینکه به چرخاندن کلید ادامه دهد، آن را به در فشار داد.

Schließlich weckte das Knacken des Schlosses Gregor wieder auf.

بالاخره صدای تق‌تق قفل، گرگور را دوباره بیدار کرد.

„Ich brauchte also keinen Schlüsseldienst", seufzte er erleichtert.

«پس به قفل‌ساز احتیاج نداشتم.» با آسودگی آهی کشید.

Jetzt musste er nur noch die Tür öffnen, die er aufgeschlossen hatte.

حالا فقط باید دری را که قفلش را باز کرده بود، باز می‌کرد.

Und mit dem Kopf auf dem Türgriff öffnete er die Tür.

و در حالی که سرش را روی دستگیره گذاشته بود، در را باز کرد.

Er befand sich hinter der Tür, die in sein Zimmer führte.

او پشت دری بود که به اتاقش باز می‌شد.

Die Tür war also schon offen, bevor man ihn sehen konnte.

بنابراین، قبل از اینکه او دیده شود، در از قبل باز شده بود.

Als Nächstes musste er sich um die Tür herummanövrieren.

بعد مجبور شد خودش را از کنار در عبور دهد.

Diese schwierige Bewegung erforderte auch viel Mühe.

این حرکت دشوار، تلاش زیادی هم می‌طلبید.

Er wollte nicht ungeschickt in den nächsten Raum fallen.

او نمی‌خواست دست و پا چلفتی به اتاق بغلی بیفتد.

So hatte er keine Zeit, sich auf irgendetwas anderes zu konzentrieren.

بنابراین او وقت نداشت که به چیز دیگری توجه کند.

Doch dann hörte er den Hauptsekretär laut „Oh!" ausrufen.

اما ناگهان شنید که رئیس دفتر با صدای بلند «اوه!» گفت.

Es klang, als würde der Wind durchs Haus rauschen.

انگار باد توی خونه می‌پیچید.

Er war zufällig derjenige, der der Tür am nächsten stand.

اتفاقاً او از همه به در نزدیک‌تر بود.

Und als er ihn nun sah, presste er die Hand an den Mund.

و حالا، با دیدن او، دستش را روی دهانش گذاشت.

Langsam bewegte er sich rückwärts, weg von Gregor.

او به آرامی خودش را به عقب کشید و از گرگور دور شد.

Aber es war, als ob eine unsichtbare Kraft auf ihn einwirkte.

اما انگار نیرویی نامرئی او را تحت تأثیر قرار داده بود.

Das Erste, was die Mutter tat, war, den Vater anzusehen.

اولین کاری که مادر کرد، نگاه کردن به پدر بود.

Trotz der Anwesenheit des Managers war ihr Haar zerzaust.

با وجود حضور مدیر، موهایش ژولیده بود.

Sie verschränkte die Arme und machte zwei Schritte nach vorn.

دست‌هایش را از هم باز کرد و دو قدم جلو آمد.

Doch dann brach sie mitten in ihrem Rock zusammen.

اما ناگهان در میان دامنش فرو ریخت.

Ihr Kleid breitete sich um sie herum auf dem Boden aus.

لباسش دور تا دور بدنش روی زمین پخش شد.

Und ihr Kopf verschwand auf ihren eigenen Brüsten.

و سرش روی سینه‌های خودش ناپدید شد.

Der Vater ballte mit feindseligem Gesichtsausdruck die Faust.

پدر با حالتی خصمانه مشتش را گره کرد.

Er schien Gregor zurück in sein Zimmer drängen zu wollen.

به نظر می‌رسید که دلش می‌خواست گرگور را به اتاقش برگردانند.

Dann blickte er unsicher im Wohnzimmer umher.

سپس با تردید به اطراف اتاق نشیمن نگاه کرد.

Und schließlich bedeckte er seine Augen mit den Händen.

و بالاخره چشمانش را میان دستانش گرفت.

Und er weinte bitterlich, bis seine mächtige Brust erbebte.

و او به تلخی گریست تا جایی که سینه‌ی ستبرش لرزید.

Gregor betrat ihr Zimmer tatsächlich gar nicht.

گرگور اصلاً وارد اتاق آنها نشد.

Stattdessen lehnte er sich an den Türrahmen.

در عوض، خودش را به چارچوب در تکیه داد.

Von außen war nur die Hälfte seines Körpers sichtbar.

فقط نیمی از بدنش برای کسانی که بیرون بودند قابل مشاهده بود.

Und auf seinem Körper befand sich sein Kopf, zur Seite geneigt.

و سرش که به پهلو خم شده بود، روی بدنش قرار داشت.

Das Licht war inzwischen viel heller geworden als zuvor.

حالا دیگر نور خیلی بیشتر از قبل شده بود.

Man konnte nun deutlich die andere Straßenseite sehen.

حالا می‌شد به وضوح آن طرف خیابان را دید.

Ein Teil des endlosen, grauen Krankenhauses gab sich zu erkennen.

بخشی از بیمارستان بی‌انتها و خاکستری رنگ نمایان شد.

Der Morgenregen hatte noch nicht ganz aufgehört.

باران صبحگاهی هنوز کاملاً بند نیامده بود.

Doch nun waren die Regentropfen größer und weiter voneinander entfernt.

اما حالا قطرات باران بزرگتر و از هم دورتر بودند.

Das Frühstücksbuffet war in Hülle und Fülle vorhanden.

ظرف‌های صبحانه به وفور روی میز بود.

Der Vater hielt das Frühstück für die wichtigste Mahlzeit.

پدر، صبحانه را مهمترین وعده غذایی می‌دانست.

Das Frühstück war eine Mahlzeit, die er stundenlang in die Länge zog.

صبحانه وعده غذایی بود که او ساعت‌ها آن را کش می‌داد.

Und in diesen Stunden las er die verschiedenen Zeitungen.

و در این ساعات روزنامه‌های مختلف را می‌خواند.

Direkt gegenüber hing ein Foto von Gregor.

درست روی دیوار روبرو، عکسی از گرگور آویزان بود.

Das Foto an der Wand zeigte ihn als Leutnant.

عکس روی دیوار او را در مقام ستوان نشان می‌داد.

Es war ein Foto aus seiner Zeit beim Militär.

عکس مربوط به دوران سربازی‌اش بود.

Seine Hand ruhte auf seinem Schwert, und er hatte ein unbeschwertes Lächeln im Gesicht.

دستش روی شمشیرش بود و لبخندی بی‌خیال بر لب داشت.

Seine Haltung und seine Uniform flößten einen gewissen Respekt ein.

طرز ایستادن و لباس فرمش احترام خاصی را می‌طلبید.

Die andere Tür, die zum Vorzimmer führte, war ebenfalls offen.

درِ دیگری که به اتاق انتظار منتهی می‌شد نیز باز بود.

Und die Tür zur Wohnung war auch noch offen.

و درِ آپارتمان هم هنوز باز بود.

Man konnte bis zum Vorhof des Wohnhauses sehen.

می‌شد تمام حیاط جلویی آپارتمان را دید.

Und dann führte die Treppe hinunter auf die Straße.

و سپس پله‌ها به خیابان پایین منتهی می‌شدند.

Gregor war der Einzige, der die Fassung bewahrt hatte.

گرگور تنها کسی بود که آرامش خود را حفظ کرده بود.

Er hat das gesehen, daher lag die Verantwortung für das Gespräch bei ihm.

او این را دید، بنابراین گفتگو مسئولیت او بود.

"So, ich werde mich jetzt für die Arbeit anziehen", sagte er.

گفت: «خب، الان می‌روم لباس بپوشم و بروم سر کار».

„Sobald ich die Textilmuster verpackt habe, werde ich abreisen.“

«بعد از اینکه نمونه‌های پارچه را بسته‌بندی کردم، می‌روم».

"Beabsichtigen Sie immer noch, mich zu entlassen, Herr Prokurist?"

«آقای پروکوریست، هنوز هم قصد دارید مرا اخراج کنید؟»

„Wie Sie sehen, bin ich nicht so stur, wie Sie dachten.“

«همان‌طور که می‌بینی، من آنقدرها هم که فکر می‌کردی لجباز نیستم».

„Und Sie können sehen, dass ich doch gerne arbeite.“

«و می‌بینی که بالاخره من کار کردن را دوست دارم».

„Ich kann zugeben, dass Reisen aus beruflichen Gründen nicht einfach ist.“

«می‌توانم اعتراف کنم که سفر کاری آسان نیست».

„Aber ich kann auch akzeptieren, dass es Teil meines Jobs ist.“

اما می‌توانم بپذیرم که این بخشی از شغل من است».

"Manager, wo gehen Sie hin? Zurück ins Büro?"

«مدیر، کجا می‌روید؟ برمی‌گردید به دفتر؟»

„Werden Sie alles, was Sie gesehen haben, wahrheitsgemäß
berichten?"

»آیا هر آنچه را که دیده‌ای صادقانه گزارش خواهی داد؟«

„Manchmal kommt es vor, dass man nicht zur Arbeit gehen
kann."

»گاهی اوقات اتفاق می‌افتد که کسی نمی‌تواند سر کار برود«

„Das ist der richtige Zeitpunkt, um sich an vergangene
Erfolge zu erinnern."

الان زمان مناسبی برای یادآوری دستاوردهای گذشته است».

„Nachdem die Schwierigkeit beseitigt wurde, funktioniert
es sogar noch besser."

»بعد از رفع سختی، آدم حتی بهتر هم کار می‌کند«.

„Mein Fleiß und meine Konzentration werden zunehmen."

»قرار است پشتکار و تمرکز من از افزایش یابد«.

"Sie wissen ganz genau, dass ich dem Chef etwas schulde."

»خودت خوب می‌دانی که من مدیون رئیس هستم«.

„Aber ich mache mir auch Sorgen um meine Eltern und
meine Schwester."

اما در عین حال، نگران پدر و مادرم و خواهرم هم هستم».

„Ich stecke in einer schwierigen Lage, aber ich werde einen
Weg finden, da wieder herauszukommen."

»من در شرایط سختی هستم، اما راه خودم را برای خروج از آن پیدا
خواهم کرد«.

„Macht es nicht noch schwieriger, als es ohnehin schon ist."

»این وضعیت را از اینی که هست سخت‌تر نکن«.

„Als Kollegen müssen wir uns auch gegenseitig helfen."

ما به عنوان همکاران باید به یکدیگر کمک کنیم.

„Ich weiß, dass die Büroangestellten die Reisenden nicht
mögen."

»می‌دانم که کارمندان ادارات از مسافران خوششان نمی‌آید«.

„Ihr glaubt, wir verdienen ein Vermögen und führen ein
gutes Leben."

»فکر می‌کنی ما کلی پول درمیاریم و زندگی خوبی داریم؟«

„Sie haben keinen wirklichen Grund, ihre Vorurteile zu hinterfragen."

»آنها هیچ دلیل واقعی برای بررسی تعصب خود ندارند«.

„Sie als befugter Beamter haben jedoch eine andere Rolle."

»اما شما، مأمور مجاز، نقش متفاوتی دارید«.

„Sie haben einen besseren Überblick als die anderen Mitarbeiter."

»شما نسبت به سایر کارکنان، دید کلی بهتری دارید«.

„Tatsächlich glaube ich, dass Sie den besten Überblick haben."

»در واقع فکر می‌کنم شما بهترین دید کلی را دارید«.

„Sie haben einen besseren Überblick als der Chef selbst."

»تو از خود رئیس هم دید کلی بهتری داری«.

„Ich gebe zu, dass der Chef die unternehmerische Arbeit leistet."

»من اعتراف می‌کنم که رئیس واقعاً کارهای کارآفرینی را انجام می‌دهد«.

„Aber es ist leicht, dass seine Urteile in die Irre geführt werden."

اما قضاوت‌های او به راحتی می‌تواند گمراه‌کننده باشد.

„Und diese kleinen Fehleinschätzungen können uns zum Nachteil gereichen."

و این قضاوت‌های نادرست کوچک می‌تواند به ضرر ما تمام شود«.

„Sie wissen ja, wie leicht es ist, über den Reisenden zu sprechen."

»می‌دانی که حرف زدن درباره مسافر چقدر آسان است«.

„Er ist nicht da, um seinen Ruf vor Gerüchten zu verteidigen."

او آنجا نیست که از آبرویش در برابر شایعات دفاع کند«.

„Diese Anschuldigungen können leicht nur Zufälle sein."

این اتهامات می‌توانند به راحتی تصادفی باشند.

„Viele Beschwerden beruhen nicht einmal auf irgendeiner
Wahrheit."

»بسیاری از شکایات حتی ریشه در هیچ حقیقتی ندارند«.

„Er ist fast das ganze Jahr über nicht im Büro."

او تقریباً تمام سال را در دفتر کار خود نیست.

Welche Chance hat er, seinen Ruf zu verteidigen?

»او چه شانسی برای دفاع از آبروی خودش دارد؟«

„Er erfährt gar nichts von den Anschuldigungen."

او حتی حاضر نیست در مورد اتهامات چیزی بشنود.

„Er erfährt erst, was gesagt wurde, wenn es zu spät ist."

»او زمانی متوجه می‌شود که چه چیزی گفته شده است که خیلی دیر
شده است«.

„Zu diesem Zeitpunkt ist er von der Tagesreise völlig
erschöpft."

»در آن مرحله او از سفر روزانه خسته شده است«.

„Er muss die schrecklichen Konsequenzen trotzdem am
eigenen Leib erfahren."

او در هر صورت باید عواقب وحشتناک آن را تجربه کند«.

„Auch wenn er keine Möglichkeit hat, das Problem zu
verstehen."

»حتی با اینکه او هیچ راهی برای فهمیدن مشکل ندارد«.

"Oh Manager, gehen Sie nicht, ohne mir ein Wort zu sagen."

»ای مدیر، بدون اینکه چیزی به من بگویی نرو«.

„Sag mir wenigstens, dass du mir teilweise zustimmst."

»حداقل بگو که تا حدودی با من موافقی«.

Der Manager hatte sich aber schon viel früher von Gregor
abgewandt.

اما مدیر خیلی زودتر از گرگور روی برگردانده بود.

Seine Schulter zuckte, als er Gregor anblickte.

وقتی دوباره به گرگور نگاه کرد، شانه‌اش لرزید.

Und er blieb während der gesamten Rede kein einziges Mal
stehen.

و در طول سخنرانی حتی یک بار هم بی‌حرکت نایستاد.

Er hatte Gregor mit zusammengepressten Lippen angesehen.

او با لب‌های جمع‌شده به گرگور نگاه می‌کرد.

Er hatte sich allmählich in Richtung Tür zurückgezogen.

او به تدریج به سمت در عقب‌نشینی می‌کرد.

Aber auch er konnte den Blick nicht von Gregor abwenden.

اما او نمی‌توانست چشم از گرگور بردارد.

Er hatte das Gefühl, es gäbe ein geheimes Verbot, den Raum zu verlassen.

او احساس می‌کرد که یک ممنوعیت مخفی برای خروج از اتاق وجود دارد.

Zu diesem Zeitpunkt befand er sich aber bereits in der Eingangshalle.

اما در این مرحله او دیگر در راهروی ورودی بود.

Und nun machte er eine plötzliche Bewegung in Richtung Ausgang.

و حالا او با حرکتی ناگهانی به سمت در خروجی رفت.

Er streckte seine rechte Hand in Richtung der Treppe aus.

دست راستش را به سمت پله‌ها دراز کرد.

Vielleicht wartete eine übernatürliche Macht darauf, ihn zu retten.

شاید نیرویی ماوراءالطبیعه منتظر نجات او بود.

Gregor wusste, dass er ihn so nicht gehen lassen konnte.

گرگور می‌دانست که نمی‌تواند اجازه دهد او به این شکل آنجا را ترک کند.

Der Manager darf nicht in der Stimmung zurückkehren, in der er sich befand.

مدیر نباید با همان حال و هوایی که داشت، برگردد.

Gregors Arbeitsplatz war stark gefährdet.

امنیت شغلی گرگور به شدت در خطر بود.

Die Eltern konnten das alles nicht vollständig verstehen.

والدین نمی‌توانستند همه اینها را کاملاً درک کنند.

Über die Jahre hatten sie sich an seine Arbeitsplatzsicherheit gewöhnt.

در طول این سال‌ها، آنها به امنیت شغلی او عادت کرده بودند.

Und sie waren davon überzeugt, dass er den Job auf Lebenszeit hatte.

و آنها متقاعد شده بودند که او این شغل را تا آخر عمر دارد.

Stattdessen hatten sie sich mit anderen Sorgen beschäftigt.

در عوض، آنها با نگرانی‌های بیشتری مشغول شده بودند.

Doch diese Bedenken führten dazu, dass sie jegliche Weitsicht verloren.

اما این نگرانی‌ها باعث شد که آنها تمام دوراندیشی خود را از دست بدهند.

Gregor hatte jedoch die elterliche Weitsicht nicht verloren.

با این حال، گرگور دوراندیشی والدین را از دست نداده بود.

Jemand musste den Bevollmächtigten stoppen.

یکی باید جلوی نماینده مجاز رو می‌گرفت.

Er musste ihn beruhigen und überzeugen.

باید او را آرام می‌کرد و متقاعدش می‌ساخت.

Davon hing die Zukunft von Gregor und seiner Familie ab!

آینده گرگور و خانواده‌اش به آن بستگی داشت!

Wenn doch nur die kluge Schwester da gewesen wäre, um zu helfen.

کاش آن خواهر باهوش اینجا بود تا کمک کند.

Sie hatte schon geweint, als Gregor noch in seinem Zimmer war.

او قبلاً وقتی گرگور هنوز در اتاقش بود گریه کرده بود.

Zu diesem Zeitpunkt lag er einfach nur ruhig auf dem Rücken.

در آن لحظه او فقط آرام به پشت دراز کشیده بود.

Sie wusste damals schon um die Bedeutung der Situation.

او از قبل اهمیت موقعیت را می‌دانست.

Der Manager hatte bekanntermaßen eine Schwäche für
Frauen.

مدیر به زن‌ها علاقه‌ی خاصی داشت.

Sie hätte ihn leicht dazu überreden können, länger zu
bleiben.

او به راحتی می‌توانست او را متقاعد کند که بیشتر بماند.

Sie hätte die Tür geschlossen und ihn wieder hineingeführt.

او در را می‌بست و او را به داخل راهنمایی می‌کرد.

Doch leider war die Schwester bereits aufgebrochen, um
einen Arzt zu holen.

اما متأسفانه خواهر رفته بود تا دکتر بیاورد.

Deshalb blieb Gregor nichts anderes übrig, als es selbst zu
tun.

بنابراین گرگور چاره‌ای جز انجام این کار توسط خودش نداشت.

Er hatte nicht bedacht, welche Fähigkeiten er tatsächlich
besaß.

او به توانایی‌های واقعی‌اش فکر نکرده بود.

Und er hatte vergessen, seiner Fähigkeit zu sprechen zu
misstrauen.

و فراموش کرده بود که به توانایی صحبت کردن خود اعتماد نداشته
باشد.

Dennoch verließ er die Sicherheit seines Zimmers.

اما با این وجود، او امنیت اتاقش را ترک کرد.

Und er drängte sich durch die Öffnung des Zimmers.

و خودش را از روزنه اتاق به بیرون هل داد.

Der Manager war bereits auf dem Weg die Treppe hinunter.

مدیر داشت از پله‌ها پایین می‌آمد.

Aber er hielt sich mit beiden Händen am Geländer fest.

اما او با هر دو دست نرده‌ها را گرفته بود.

Gregor stürzte, als er sich durch die Tür schob.

گرگور همین که خودش را از در بیرون کشید، افتاد.

Er stieß einen kleinen Schrei aus, als er nach Halt griff.

او جیغ خفیفی کشید و برای کمک گرفتن، چیزی را گرفت.

Doch anstatt in Panik zu geraten, verspürte er ein körperliches Wohlbefinden.

اما به جای وحشت، او احساس تندرستی جسمی می‌کرد.

Zum ersten Mal an diesem Morgen fühlte sich etwas richtig an.

برای اولین بار آن روز صبح، چیزی درست به نظر می‌رسید.

Alle seine Beine standen nun auf festem Boden.

حالا تمام پاهایش زیرشان محکم و استوار بود.

Er war überrascht, wie gut er seine Beine kontrollieren konnte.

او از اینکه چقدر خوب می‌توانست پاهایش را کنترل کند، شگفت‌زده شده بود.

Er freute sich, festzustellen, dass seine Beine ihm vollkommen gehorchten.

او از اینکه متوجه شد پاهایش کاملاً از او اطاعت می‌کنند، خوشحال بود.

Tatsächlich trugen ihn seine Beine überall hin, wo er hinwollte.

در واقع پاهایش او را به هر کجا که می‌خواست می‌بردند.

Bald würden all seine Sorgen ein Ende finden.

به زودی تمام غم و اندوه او به پایان رسید.

Doch im selben Augenblick sprang seine eigene Mutter auf.

اما درست در همان لحظه مادرش از جا پرید.

Ihre Arme waren ausgestreckt und ihre Finger gespreizt.

بازوهایش کشیده و انگشتانش از هم باز شده بودند.

Und sie schrie: „Hilfe, um Gottes willen, helft mir!“

و او فریاد زد: «کمک، به خاطر خدا یکی کمک کنه»!

Sie neigte den Kopf; sie wollte Gregor besser sehen.

سرش را کج کرد؛ می‌خواست گرگور را بهتر ببیند.

Doch im Gegensatz zu ihrer ersten Handlung rannte sie zurück.

اما در انقباض به اولین اقدام، او به عقب دوید.

Sie hatte vergessen, dass der Tisch hinter ihr gedeckt war.

فراموش کرده بود که میز پشت سرش چیده شده است.

Alle Speisen fürs Frühstück standen noch auf dem Tisch.

تمام وسایل صبحانه هنوز روی میز بود.

Sie setzte sich hastig auf den Tisch, als sei sie abgelenkt.

او با عجله روی میز نشست، انگار حواسش پرت شده بود.

Und sie schien den verschütteten Kaffee nicht zu bemerken.

و انگار متوجه قهوه ریخته شده نشد.

Der Kaffee, der inzwischen in den Teppich eingezogen war.

قهوه‌ای که حالا داشت توی فرش نفوذ می‌کرد.

„Mutter, Mutter“, sagte Gregor leise und blickte zu ihr auf.

گرگور به آرامی گفت: «مادر، مادر،» و به او نگاه کرد.

Im Moment war ihm der Manager nicht wichtig.

فعلاً مدیر برایش مهم نبود.

Aber da war auch noch der Kaffee, der auf den Teppich
tropfte.

اما چکه‌های قهوه روی فرش هم بود.

Gregor konnte nicht widerstehen und schnappte nach dem
Kaffee.

گرگور نتوانست جلوی خودش را بگیرد و از شدت هیجان قهوه را به هم
کوبید.

Die Mutter fing wegen seines Verhaltens wieder an zu
weinen.

مادر دوباره به خاطر رفتار او شروع به گریه کرد.

Sie sprang vom Tisch, um Abstand von ihm zu gewinnen.

از روی میز پایین پرید تا از او فاصله بگیرد.

Und sie rannte in die Arme ihres Vaters, um Schutz zu
suchen.

و او برای حفظ جانش به آغوش پدر دوید.

Doch Gregor hatte jetzt keine Zeit mehr für seine Eltern.

اما گرگور دیگر وقتی برای پدر و مادرش نداشت.

Der zuständige Beamte befand sich bereits auf der Treppe.

مأمور مجاز از قبل روی پله‌ها بود.

Er hatte sein Kinn auf dem Geländer, um ins Haus zu schauen.

چانه‌اش را به نرده تکیه داده بود تا داخل خانه را ببیند.

Offenbar wollte er sich das Spektakel noch ein letztes Mal ansehen.

ظاهراً می‌خواست آخرین نگاه را به آن منظره بیندازد.

Und Gregor unternahm einen letzten Versuch, den Manager zu erreichen.

و گرگور آخرین تلاشش را کرد تا با مدیر تماس بگیرد.

Er rannte so sicher wie möglich zur Tür.

او با تمام سرعت و احتیاطی که می‌توانست، به سمت در دوید.

Aber der Hauptsekretär muss etwas geahnt haben.

اما حتماً رئیس دفتردار به چیزی مشکوک شده بود.

Denn er sprang mehrere Stufen hinunter und verschwand.

چون از چند پله پایین پرید و ناپدید شد.

"Huh!", rief Gregor, und sein Ruf hallte durch das Treppenhaus.

گرگور فریاد زد: «ها!» و صدایش در راه‌پله پیچید.

Die Flucht des Managers schien auch seinen Vater zu verwirren.

به نظر می‌رسید فرار مدیر، پدرش را هم گیج کرده است.

Bis dahin war es ihm gelungen, recht gefasst zu bleiben.

او تا آن زمان توانسته بود کاملاً خونسرد بماند.

Doch leider verlor auch er die Fassung, die er zuvor besessen hatte.

اما متأسفانه او نیز آرامشی را که داشت از دست داد.

Er hätte Gregor bei seinem Vorhaben helfen sollen.

کاری که او باید انجام می‌داد این بود که به گرگور در تعقیبش کمک می‌کرد.

Doch er packte den Gehstock des Managers mit einer Hand.

اما، او عصای مدیر را با یک دست گرفت.

In seiner anderen Hand hielt er nun eine Zeitung.

و در دست دیگرش حالا یک روزنامه گرفته بود.

Und nun behinderte er Gregor direkt bei seinem Vorhaben.

و حالا او مستقیماً مانع تعقیب گرگور شد.

Er hatte sich zwischen Gregor und die Straße gestellt.

او خودش را بین گرگور و خیابان قرار داده بود.

Er stampfte mit den Füßen auf und fuchtelte mit dem Stock und der Zeitung herum.

پاهایش را به زمین کوبید و عصا و روزنامه را تکان داد.

Und er zwang Gregor aktiv zurück in sein Zimmer.

و او داشت با جدیت گرگور را مجبور می‌کرد که به اتاقش برگردد.

Keine der Bitten, die Gregor äußerte, half.

هیچ‌کدام از درخواست‌هایی که گرگور سعی کرد مطرح کند، کمکی نکرد.

Weil keines seiner Anliegen verstanden wurde.

زیرا هیچ یک از درخواست هایی که او مطرح کرد، فهمیده نشد.

Er wandte den Kopf in eine tiefere, demütigere Haltung.

سرش را به زاویه‌ای عمیق‌تر و فروتنانه‌تر چرخاند.

Doch sein Vater antwortete, indem er noch heftiger mit den Füßen aufstampfte.

اما پدرش با محکم‌تر کوبیدن پاهاش جواب داد.

Die Mutter öffnete trotz des kühlen Wetters ein Fenster.

مادر، با وجود هوای خنک، پنجره را باز کرد.

Und sie presste ihr Gesicht in die Hände vor Kälte.

و از سرما صورتش را بین دستانش فشرد.

Der Wind konnte nun durch die gesamte Wohnung strömen.

حالا باد می‌توانست از تمام آپارتمان عبور کند.

Ein starker Luftzug wehte vom Treppenhaus in die Gasse.

باد شدیدی از راه پله به کوچه می‌وزید.

Die Vorhänge wurden vom starken Wind hin und her
bewegt.

پرده‌ها از شدت باد تکان می‌خوردند.

Und die Zeitung auf dem Tisch raschelte im Wind.

و روزنامه روی میز در باد خش خش می‌کرد.

Sogar einige Blätter wurden von draußen ins Haus geweht.

حتی بعضی از برگ‌ها از بیرون به داخل خانه پرتاب شده بودند.

Der Vater stampfte mit den Füßen und schob unerbittlich.

پدر پاهایش را محکم به زمین کوبید و بی‌وقفه هل داد.

Und er zischte und gab Geräusche von sich, wie es ein
Wilder tun würde.

و او هیس هیس می‌کرد و صداهایی شبیه به صداهای یک مرد وحشی از
خودش درمی‌آورد.

Gregor hatte das Rückwärtsgehen aber noch nicht geübt.

اما گرگور هنوز راه رفتن به عقب را تمرین نکرده بود.

Selbst Gregor würde zugeben, dass diese Bewegung
wesentlich langsamer vonstatten ging.

حتی گرگور هم اعتراف می‌کرد که این حرکت خیلی کندتر بود.

Doch alles, was er wollte, war die Gelegenheit, umzukehren.

با این حال، تنها چیزی که می‌خواست، فرصتی برای تغییر بود.

Dann wäre er sofort in sein Zimmer gegangen.

بعدش هم مستقیم میرفت تو اتاقش.

Aber er hatte zu große Angst, seinen Vater ungeduldig zu
machen.

اما او خیلی می‌ترسید که پدرش را بی‌صبر کند.

Und es bestand die Drohung mit einem Schlag mit dem
Stock.

و تهدید به ضربه با چوب هم وجود داشت.

Ein solcher Schlag auf den Hinterkopf könnte tödlich sein.

چنین ضربه‌ای به پشت سر می‌تواند کشنده باشد.

Am Ende blieb Gregor jedoch keine andere Wahl.

اما در نهایت گرگور چاره دیگری نداشت.

Ihm wurde klar, dass er nicht einmal mehr geradeaus
rückwärts gehen konnte.

او متوجه شد که حتی نمی‌تواند مستقیم به عقب راه برود.

Er begann sich so schnell wie möglich umzudrehen.

او با بیشترین سرعتی که می‌توانست شروع به چرخیدن کرد.

Doch in Wirklichkeit war diese Drehbewegung genauso
langsam.

اما در واقعیت، این حرکت چرخشی به همان اندازه کند بود.

Und ihm folgten die besorgten Blicke des Vaters.

و نگاه های نگران پدر او را دنبال می کرد.

Vielleicht bemerkte der Vater Gregors gute Absichten.

شاید پدر متوجه نیت خیر گرگور شده بود.

Weil er ihn nicht daran hinderte, sich umzudrehen.

زیرا او از چرخیدن مزاحم او نشد.

Er benutzte sogar die Spitze seines Stocks, um die Drehung
zu steuern.

او حتی از نوک چوبش برای هدایت چرخش استفاده می‌کرد.

Gregor wünschte sich aber dennoch, sein Vater hätte ihn
nicht angefaucht!

اما گرگور هنوز آرزو می‌کرد که کاش پدر به او هیس نکرده بود!

Das Zischen trug nur noch zur Verwirrung des Augenblicks
bei.

صدای خش‌خش فقط به آشفتگی آن لحظه می‌افزود.

Und dann unterlief ihm ein Fehler, und er bog in die falsche
Richtung ab.

و بعد اشتباه کرد و راه را اشتباه رفت.

Am Ende gelang es ihm schließlich doch, den richtigen Weg
einzuschlagen.

در نهایت او بالاخره موفق شد با راه درست روبرو شود.

Und er war zufrieden mit den Fortschritten, die er gemacht
hatte.

و از پیشرفتی که کرده بود، راضی بود.

Doch dann trat das nächste Problem noch deutlicher zutage.

اما مشکل بعدی حتی بیشتر آشکار شد.

Sein Körper war zu breit, um problemlos durch die Tür zu
passen.

بدنش آنقدر پهن بود که به راحتی از در رد نمی‌شد.

In seinem jetzigen Zustand bemerkte der Vater dies nicht.

پدر در وضعیت فعلی‌اش متوجه این موضوع نشد.

Deshalb kam es ihm nicht in den Sinn, die Tür weiter zu
öffnen.

بنابراین به ذهنش خطور نکرد که در را بیشتر باز کند.

Dann wäre genügend Platz für Gregor gewesen.

آنوقت فضای کافی برای گرگور وجود می‌داشت.

Seine einzige Priorität war es, Gregor in sein Zimmer zu
bringen.

تنها اولویت او این بود که گرگور را به اتاقش ببرد.

Er hätte aufstehen müssen, um durch die Tür zu passen.

او مجبور بود برای عبور از در، بایستد.

Der Vater hätte ein solches Manöver jedoch nicht
zugelassen.

اما پدر اجازه چنین مانوری را نمی‌داد.

Tatsächlich fauchte er ihn noch heftiger an als zuvor.

در واقع، او حتی وحشی‌تر از قبل داشت با او هیس می‌کرد.

Es klang nach mehr als nur einem Mann, der ihn anzischt.

انگار بیشتر از یک مرد به او هیس می‌کشیدند.

Seine Forderungen schienen nun an Dringlichkeit
gewonnen zu haben.

به نظر می‌رسید که خواسته‌های او فوریت جدیدی پیدا کرده است.

Für Spielereien war jetzt wirklich keine Zeit mehr.

واقعاً دیگر وقت برای غر زدن و غر زدن نبود.

Was auch immer geschah, Gregor musste durch die Tür gelangen.

هر اتفاقی که می‌افتاد، گرگور باید از در رد می‌شد.

Er kämpfte sich ohne jegliche Rücksicht auf sich selbst durch.

او بدون هیچ گونه خودبزرگ بینی، خودش را به زحمت انداخت.

Durch die Bewegung wurde eine Seite seines Körpers nach oben gedrückt.

یک طرف بدنش در اثر این حرکت به سمت بالا خم شد.

Und er lag unbeholfen und schief zwischen den Türrahmen.

و او با حالتی ناجور و خمیده بین درگاه دراز کشیده بود.

Eine seiner Flanken war am Holz wundgescheuert.

یکی از پهلوهایش به شدت به چوب ساییده شده بود.

Und er hatte hässliche Flecken auf der weiß gestrichenen Tür hinterlassen.

و لکه‌های زشتی روی در سفید رنگ شده به جا گذاشته بود.

Auf einer Seite seines Körpers hingen die Beine zitternd in der Luft.

پاهای یکی از پهلوهایش در هوا لرزان آویزان بودند.

Seine anderen Beine drückten schmerzhaft gegen den Boden.

پاهای دیگرش به طرز دردناکی به زمین فشرده شده بودند.

Bald würde er vollständig zwischen den Türen eingeklemmt sein.

خیلی زود او کاملاً بین در گیر می‌کرد.

Und dann hätte er sich überhaupt nicht mehr bewegen können.

و آنگاه او اصلاً نمی‌توانست تکان بخورد.

Doch der Vater gab ihm einen wahrhaft befreienden, starken Anstoß.

اما پدر او را به طرز رهایی‌بخشی به جلو هل داد.

Und er stürzte, stark blutend, tief in sein Zimmer hinein.

و او در حالی که به شدت خونریزی داشت، در اتاقش افتاد.

Der Vater knallte die Tür hinter sich mit seinem Stock zu.

پدر با عصایش در را پشت سرش محکم بست.

Und dann kehrte endlich wieder Ruhe ein.

و بعد بالاخره دوباره آرامش و سکوت برقرار شد.

بخش دوم

Gregor wachte erst viel später am Tag auf.

گرگور تا دیروقتِ همان روز از خواب بیدار نشد.

Die Dämmerung war hereingebrochen; er hatte tief und fest geschlafen.

غروب شده بود؛ او سنگین و بی‌هوش خوابیده بود.

Er wäre auch ohne Störung aufgewacht.

او حتی بدون اینکه کسی مزاحمش شود، بیدار می‌شد.

Denn er fühlte sich ausreichend ausgeruht und gut geschlafen.

چون احساس می‌کرد به اندازه کافی استراحت کرده و خوب خوابیده است.

Aber er glaubte, draußen flüchtige Schritte zu hören.

اما فکر کرد صدای قدم‌های زودگذری را از بیرون شنیده است.

Und vielleicht hat jemand die Haustür sorgfältig geschlossen.

و ممکن است کسی با دقت درِ ورودی را بسته باشد.

Das Licht der elektrischen Straßenbahn lag blass an der Decke.

نور کم‌رنگ تراموا برقی روی سقف افتاده بود.

Auch die Oberseite der Möbel wurde ein wenig beleuchtet.

بالای مبلمان هم کمی نور دریافت کرد.

Doch unten am Boden, auf Gregors Höhe, war es dunkel.

اما روی زمین، در ارتفاع گرگور، هوا تاریک بود.

Seine Beine schoben ihn langsam wieder in Richtung Tür.

پاهایش دوباره به آرامی او را به سمت در هل دادند.

Er war sehr neugierig, zu sehen, was dort geschehen war.

او خیلی کنجکاو بود که ببیند آنجا چه اتفاقی افتاده است.

Seine Kontrolle über seine Fühler war jedoch noch nicht entwickelt.

اما کنترل او بر شاخک‌هایش هنوز تکامل نیافته بود.

Obwohl er diese neuen Sensoren allmählich zu schätzen begann.

اگرچه او شروع به قدردانی از این حسگرهای جدید کرد.

Eine lange, unansehnliche Narbe schien seine linke Seite hinunterzulaufen.

به نظر می‌رسید که جای زخم ناخوشایند و درازی از سمت چپ بدنش امتداد یافته است.

Die Narbe fühlte sich an, als würde sie diese Seite seines Körpers einengen.

انگار جای زخم، آن سمت بدنش را سفت کرده بود.

Und so musste er buchstäblich auf seinen zwei Beinreihen humpeln.

و بنابراین او مجبور بود به معنای واقعی کلمه روی دو ردیف پاهایش لنگ بزند.

Eines seiner Beine war an diesem Morgen schwer verletzt worden.

صبح همان روز یکی از پاهایش به شدت آسیب دیده بود.

Es war wirklich ein Wunder, dass er sich nicht noch mehr Beine gebrochen hatte.

واقعاً معجزه بود که پاهای بیشتری نشکسته بود.

Und so schleppte er sein verletztes Bein leblos hinter sich her.

و بنابراین پای زخمی‌اش را بی‌جان به دنبال خود می‌کشید.

Als er die Tür erreichte, erkannte er etwas Tiefgreifendes.

وقتی به در رسید، متوجه چیز عمیقی شد.

Es war der Geruch von etwas, der ihn dorthin gelockt hatte.

بوی چیزی او را به آنجا کشانده بود.

In Gregors Zimmer war etwas Essbares für ihn hinterlassen worden.

چیزی خوراکی برای گرگور در اتاقش گذاشته بودند.

Stückchen Weißbrot schwimmen in einer Schüssel mit süßer Milch.

تکه‌های نان سفید شناور در کاسه‌ای از شیر شیرین.

Er konnte seine innere Freude kaum verbergen.

او به سختی می‌توانست شادی‌ای را که در درونش موج می‌زد، پنهان کند.

Er war jetzt noch hungriger als am Morgen.

حالا حتی از صبح هم گرسنه‌تر بود.

Er tauchte sofort seinen Kopf in die Schüssel mit Milch.

او فوراً سرش را در کاسه شیر فرو برد.

Die Milch quoll ihm fast über den ganzen Kopf, bis zu den Augen.

شیر تقریباً تمام سرش را تا چشمانش فرا گرفت.

Doch schon bald riss er den Kopf zurück, bitter enttäuscht.

اما خیلی زود سرش را عقب کشید، به شدت ناامید شد.

Das Essen war aufgrund seiner empfindlichen linken Seite schwierig.

به دلیل ضعف سمت چپ بدنش، غذا خوردن برایش دشوار بود.

Und er konnte nur essen, indem er mit dem ganzen Körper keuchte.

و او فقط می‌توانست با نفس نفس زدن با تمام بدنش غذا بخورد.

Das war jedoch nicht der wahre Grund für seine Enttäuschung.

اما دلیل واقعی ناامیدی او این نبود.

Milch war schon immer eines seiner Lieblingsgerichte gewesen.

شیر همیشه یکی از غذاهای مورد علاقه‌اش بود.

Er hatte keinen Zweifel daran, dass seine Schwester sich daran erinnerte.

شک نداشت که خواهرش این را به خاطر سپرده است.

Und das war der Grund, warum sie ihm Milch gegeben hatte.

و به همین دلیل بود که به او شیر داده بود.

Er konnte nicht erklären, warum er Milch jetzt nicht mehr mochte.

او نمی‌توانست توضیح دهد که چرا حالا از شیر متنفر است.

Und er wandte sich fast widerwillig von der Schüssel ab.

و تقریباً با اکراه از کاسه روی برگرداند.

Enttäuscht kroch er zurück in die Mitte des Raumes.

ناامید، به وسط اتاق برگشت و سینه خیز رفت.

Hier konnte er durch den Türspalt hindurchsehen.

در اینجا او توانست از شکاف در ببیند.

Er konnte sehen, dass im Wohnzimmer das Feuer brannte.

او می‌توانست ببیند که آتش در اتاق نشیمن روشن است.

Gewöhnlich las der Vater um diese Zeit die Zeitung.

معمولاً در این زمان پدر روزنامه می خواند.

Er las seiner Mutter immer mit erhobener Stimme vor.

او همیشه با صدای بلند برای مادر کتاب می‌خواند.

Manchmal lauschte auch die Schwester dem Vater.

گاهی اوقات خواهر نیز به حرف‌های پدر گوش می‌داد.

Sie hatte Gregor immer von diesem Vorlesen erzählt.

او همیشه این داستان خواندن را با صدای بلند برای گرگور تعریف کرده بود.

Doch heute war aus dem Zimmer kein Laut zu hören.

اما امروز هیچ صدایی از اتاق نمی آمد.

Vielleicht war diese Gewohnheit bereits in Vergessenheit geraten.

شاید این عادت دیگر از بین رفته بود.

Eine tiefe Stille hatte sich über die gesamte Wohnung gelegt.

سکوت عمیقی بر کل آپارتمان حکمفرما شده بود.

Obwohl er wusste, dass die Wohnung ganz sicher nicht leer war.

اگرچه می‌دانست آپارتمان مطمئناً خالی نیست.

„Was für ein ruhiges Leben die Familie doch führte", dachte Gregor.

گرگور با خودش فکر کرد: «چه زندگی آرامی دارند این خانواده».

Und er blickte mit großem Stolz in die Dunkelheit.

و با غروری عظیم به تاریکی خیره شد.

Er war stolz auf das Leben, das er ihnen hatte ermöglichen können.

او به زندگی‌ای که توانسته بود به آنها بدهد افتخار می‌کرد.

Er war stolz auf die schöne Wohnung, in der sie lebten.

او به آپارتمان زیبایی که در آن زندگی می‌کردند افتخار می‌کرد.

Doch sollte dieser Frieden nun ein schreckliches Ende nehmen?

اما آیا قرار بود تمام این آرامش به پایانی وحشتناک ختم شود؟

Würde man ihnen ihren Wohlstand nehmen?

آیا قرار بود رفاه و آسایش آنها از آنها گرفته شود؟

War ihre Zufriedenheit nun in Zukunft ungewiss?

آیا رضایت آنها در حال حاضر در آینده نامشخص بود؟

Doch er wollte sich nicht in solchen Gedanken verlieren.

اما او نمی‌خواست خودش را در چنین افکاری گم کند.

Um sich die Zeit zu vertreiben, kroch er die Wände rauf und runter.

برای اینکه خودش را مشغول نگه دارد، از دیوارها بالا و پایین می‌رفت.

Im Laufe des langen Abends wurde eine Tür einen Spalt breit geöffnet.

در طول آن شب طولانی، یکی از درها کمی باز شد.

Und zu einem anderen Zeitpunkt öffnete sich die andere Tür einen Spaltbreit.

و در زمانی دیگر، درِ دیگر کمی باز شد.

Doch beide Male wurden die Türen schnell wieder geschlossen.

اما هر دو بار درها دوباره به سرعت بسته شدند.

Offenbar hatte jemand draußen den Wunsch, hereinzukommen.

مشخصاً کسی از بیرون میل داشت وارد شود.

Aber sie hatten auch zu viele Bedenken, hereinzukommen.

اما آنها همچنین نگرانی‌های زیادی در مورد ورود به کشور داشتند.

Gregor blieb nun direkt vor der Wohnzimmertür stehen.

گرگور حالا درست جلوی در اتاق نشیمن ایستاد.

Er war fest entschlossen, den zögernden Besucher irgendwie zu verführen.

او مصمم بود به نحوی بازدیدکننده مردد را وسوسه کند.

Und er wollte auch wissen, wer der Besucher gewesen war.

و همچنین می‌خواست بداند که مهمان چه کسی بوده است.

Doch an diesem Abend wurde die Tür kein drittes Mal geöffnet.

اما آن شب، در برای بار سوم باز نشد.

Und Gregor verbrachte seine Zeit vergeblich damit, an der Tür zu warten.

و گرگور بیهوده وقتش را کنار در منتظر می‌گذراند.

Früher am Tag wollten sie alle in den Raum kommen.

اوایل آن روز همه آنها می‌خواستند به اتاق بیایند.

Jetzt, da die Türen unverschlossen waren, würde es ihnen leichter fallen.

حالا که درها قفل نبودند، برایشان راحت‌تر بود.

Aber sie entschieden sich dafür, auf der anderen Seite des Raumes zu bleiben.

اما آنها ترجیح دادند در آن سوی اتاق بمانند.

Gregor bemerkte, dass die Schlüssel nicht mehr in ihren Schlössern steckten.

گرگور متوجه شد که کلیدها دیگر در قفل‌هایشان نیستند.

Jemand muss die Schlüssel zum Außenschloss umgesteckt haben.

حتماً کسی کلیدها را به قفل بیرونی منتقل کرده است.

Erst spät in der Nacht wurde das Licht im Wohnzimmer ausgeschaltet.

فقط آخر شب چراغ اتاق نشیمن خاموش می‌شد.

Die Familie muss die ganze Zeit wach geblieben sein.

خانواده حتماً تمام مدت بیدار مانده بودند.

Und Gregor konnte deutlich hören, wie sie sich auf Zehenspitzen davonschlichen.

و گرگور به وضوح صدای دور شدن آنها را با نوک پا شنیدند.

Nun würde bis zum Morgen niemand zu Gregor kommen.

حالا قرار نبود تا صبح کسی پیش گرگور بیاید.

So hatte er lange Zeit für sich, um ungestört nachzudenken.

بنابراین او زمان زیادی برای خودش داشت تا بدون مزاحمت فکر کند.

Wie könnte man sein Leben jetzt am besten neu ordnen?

الان بهترین راه برای سازماندهی مجدد زندگی او چیست؟

Doch die hohen Wände des leeren Zimmers ängstigten ihn.

اما دیوارهای بلند اتاق خالی او را ترساند.

Ihm blieb keine andere Wahl, als sich flach auf den Boden zu legen.

چاره‌ای نداشت جز اینکه خودش را روی زمین پهن کند.

Und er fand in diesem Raum niemals die Ursache seiner Angst.

و او هرگز علت ترس خود را در آن فضا نیافت.

Es war dasselbe Zimmer, in dem er seit fünf Jahren lebte.

همان اتاقی بود که پنج سال تمام در آن زندگی کرده بود.

Halb bewusst machte er eine Bewegung in Richtung Sofa.

نیمه هوشیار، به سمت مبل حرکت کرد.

Und ohne jede Scham versteckte er sich unter dem Sofa.

و بدون هیچ شرمی خودش را زیر مبل پنهان کرد.

Dort unten fühlte er sich sofort wieder sehr wohl.

در آنجا، او بلافاصله دوباره احساس راحتی زیادی کرد.

Obwohl sein Rücken etwas gequetscht war.

با وجود اینکه کمرش کمی فشار می‌آمد.

Auch unter dem Sofa konnte er seinen Kopf nicht mehr heben.

او دیگر نمی‌توانست سرش را زیر مبل هم بلند کند.

Aber selbst das zog er einem Aufenthalt im Freien vor.

اما حتی در این حالت هم او و بودن در هر منطقه‌ی بازی را ترجیح می‌داد.

Er bedauerte jedoch, dass sein Körper so breit war.

با این حال، او از اینکه بدنش خیلی پهن بود پشیمان بود.

Das Sofa konnte seinen ganzen Körper nicht vollständig bedecken.

مبل نمی‌توانست تمام بدنش را کاملاً بپوشاند.

Er blieb die ganze Nacht unter dem Sofa.

او تمام شب را زیر مبل ماند.

Die Nacht verbrachte er halb schlafend, geplagt von seinem Hunger.

شبی که گرسنگی آشفته‌اش کرده بود و نیمه‌خواب به سر می‌برد.

Und die Zeit, die er wach war, verbrachte er entweder in Sorgen oder in Hoffnung.

و زمانی را که بیدار بود یا با نگرانی گذراند یا با امیدواری.

Doch all seine vagen Hoffnungen führten zu demselben Schluss.

اما تمام امیدهای مبهم او به همان نتیجه منجر شد.

Ihm blieb nichts anderes übrig, als vorerst zu schweigen.

چاره‌ای جز سکوت در آن لحظه نداشت.

Er musste der Familie gegenüber Geduld und Rücksichtnahme zeigen.

او باید صبر و حوصله و توجه به خانواده را نشان می‌داد.

Es war die einzige Möglichkeit, die Unannehmlichkeiten erträglich zu machen.

این تنها راهی بود که می‌توانست آن ناراحتی را قابل تحمل کند.

Die Unannehmlichkeiten, die er nun der Familie auferlegte.

ناراحتی که حالا به خانواده تحمیل می‌کرد.

Er musste nicht lange warten, um sein Mitgefühl unter Beweis zu stellen.

او مجبور نبود برای اثبات دلسوزی‌اش زیاد صبر کند.

Früh am Morgen schaute die Schwester in sein Zimmer.

صبح زود خواهر به اتاق او نگاه کرد.

Obwohl es eigentlich genauso viel Nacht wie Morgen war.

اگرچه واقعاً همانقدر شب بود که صبح بود.

Sie war vollständig angezogen und schien aufgeregt zu sein.

او کاملاً لباس پوشیده بود و به نظر می‌رسید که هیجان‌زده است.

Die Tragfähigkeit seiner neu getroffenen Entscheidung könnte sich bewähren.

قدرت تصمیم تازه گرفته شده او می‌توانست مورد آزمایش قرار گیرد.

Sie entdeckte ihn nicht sofort auf Anhieb.

او بلافاصله با نگاه اول او را پیدا نکرد.

Er musste irgendwo sein; weggeflogen konnte er nicht sein.

او حتماً جایی بود؛ نمی‌توانست پرواز کند و برود.

Doch dann schweifte ihr Blick ein zweites Mal durch den Raum.

اما ناگهان چشمانش برای بار دوم اتاق را گشت.

Und dieses Mal entdeckte sie seinen Oberkörper unter dem Sofa.

و این بار بالاتنه‌اش را زیر مبل دید.

Sie war so verängstigt, dass sie jegliche Selbstbeherrschung verlor.

آنقدر ترسیده بود که تمام کنترل خودش را از دست داده بود.

Und ihre erste Reaktion war, die Tür wieder zuzuschlagen.

و اولین واکنشش این بود که دوباره در را محکم ببندد.

Doch sie schien ihr Verhalten auch sofort zu bereuen.

اما به نظر می‌رسید که او بلافاصله از رفتارش پشیمان شد.

Kaum hatte sie die Tür zugeschlagen, öffnete sie sie auch schon wieder.

به محض اینکه در را محکم بست، دوباره آن را باز کرد.

Und diesmal schlich sie sich leise auf Zehenspitzen in den Raum.

و این بار آرام و با نوک پا وارد اتاق شد.

Sie bewegte sich, als ob sie eine schwerkranke Person besuchen würde.

طوری راه می‌رفت که انگار به عیادت یک بیمارِ به شدت بیمار رفته است.

Oder sie könnte einen völlig Fremden besucht haben.

یا شاید او به ملاقات یک غریبه‌ی کامل رفته بود.

Gregor drückte seinen Kopf fast bis an den Rand des Sofas.

گرگور سرش را تقریباً به لبه مبل رساند.

Und von unterhalb des Tresors beobachtete er sie im Zimmer.

و از زیر گاوصندوق، او را در اتاق تماشا کرد.

Würde sie bemerken, dass er die Milch stehen gelassen hatte?

آیا قرار بود متوجه شود که او شیر را جا گذاشته است؟

Er hatte die Milch nicht etwa aus Mangel an Hunger stehen gelassen.

او به دلیل گرسنگی شیر را ترک نکرده بود.

Wollte sie ihm stattdessen anderes Essen bringen?

آیا قرار بود به جای آن، برایش غذای متفاوتی بیاورد؟

Vielleicht ein Gericht, das seinen Vorlieben besser entsprach.

شاید غذایی که بیشتر با ترجیحات او مطابقت داشته باشد.

Aber sie hätte seinen Appetit selbst bemerken müssen.

اما او باید خودش متوجه اشتهای او می‌شد.

Er wäre lieber verhungert, als sie davon erfahren zu lassen.

او ترجیح می‌داد از گرسنگی بمیرد تا اینکه او را از این موضوع آگاه کند.

Eigentlich hätte er es ihr sehr gerne gesagt.

راستش را بخواهید، خیلی دوست داشت به او بگوید.

Er war wirklich versucht, unter dem Sofa hervorzuschießen.

او واقعاً وسوسه شده بود که از زیر مبل به بیرون شلیک کند.

Er wollte sich seiner Schwester zu Füßen werfen.

دلش می‌خواست خودش را روی پای خواهرش بیندازد.

Und er wollte sie um etwas Leckeres zu essen bitten.

و او می‌خواست از او چیزی خوشمزه برای خوردن بخواهد.

Doch dann blickte die Schwester zu der Schüssel mit Milch.

اما ناگهان خواهر به کاسه شیر نگاه کرد.

Sie bemerkte sofort, dass die Schüssel noch voll war.

او فوراً متوجه شد که کاسه هنوز پر است.

Sie war ziemlich überrascht, dass Gregor nichts gegessen hatte.

او از اینکه گرگور چیزی نخورده بود، کمی تعجب کرد.

Nur ein wenig Milch war auf den Boden verschüttet worden.

فقط کمی شیر روی زمین ریخته بود.

Sie nahm sofort die Schüssel und trug sie hinaus.

او فوراً کاسه را برداشت و بیرون برد.

Er sah, dass sie die Schüssel nicht mit bloßen Händen aufgehoben hatte.

دید که او کاسه را با دست خالی برنمی‌دارد.

Stattdessen hob sie die Schüssel mit einem der Lappen hoch.

در عوض، او کاسه را با یکی از آن پارچه‌ها برداشت.

Gregor vergaß dieses kleine Detail jedoch sehr schnell.

اما گرگور خیلی سریع این نکته‌ی جزئی را فراموش کرد.

Er war nun von etwas ganz anderem viel begeisterter.

حالا او از چیز دیگری خیلی بیشتر هیجان‌زده بود.

Was könnte sie als Ersatz für die Milch mitbringen?

او چه چیزی می‌تواند به عنوان جایگزین شیر بیاورد؟

Er hatte verschiedene Vermutungen darüber, was sie wohl mitbringen könnte.

او در مورد آنچه که او می‌توانست بیاورد، افکار مختلفی داشت.

Doch die Güte seiner Schwester übertraf seine Erwartungen.

اما مهربانی خواهرش فراتر از انتظارش بود.

Ihr wurde klar, dass sie herausfinden musste, was seine neuen Vorlieben waren.

او متوجه شد که باید سلیقه‌های جدید او را امتحان کند.

Deshalb brachte sie eine ganze Auswahl an verschiedenen Speisen mit.

بنابراین او مجموعه‌ای کامل از غذاهای مختلف را آورد.

Halbverfaultes Gemüse, Knochen vom Abendessen.

سبزیجات نیمه گندیده، استخوان‌های غذای شب.

Die eingedickte Soße von der anderen Mahlzeit, die sie gegessen hatten.

سس سفت شده از غذای دیگری که خورده بودند.

Ein paar Rosinen, einige Mandeln, trockenes Brot, Butterbrot.

چند تا کشمش، کمی بادام، نون خشک، نون روغنی.

Etwas Brot, das mit Butter bestrichen und gesalzen war.

مقداری نان که کره مالیده و نمک زده شده بود.

Käse, den Gregor vor zwei Tagen noch für ungenießbar erklärt hatte.

پنیری که گرگور دو روز پیش آن را غیرقابل خوردن اعلام کرده بود.

Die gesamte Auswahl an Speisen wurde auf einer Zeitung ausgelegt.

تمام این انتخاب غذا روی یک روزنامه قرار داده شده بود.

Und sie stellte auch eine Schüssel mit Wasser neben seine Mahlzeiten.

و همچنین یک کاسه آب کنار غذای او گذاشت.

Sie wusste, dass Gregor nicht vor ihr gegessen hätte.

می‌دانست که گرگور جلوی او چیزی نمی‌خورد.

Aus Respekt vor ihm verließ sie deshalb wieder den Raum.

بنابراین به احترام او دوباره اتاق را ترک کرد.

Und sie hat beim Weggehen sogar den Schlüssel im Schloss umgedreht.

و حتی موقع رفتن کلید را در قفل چرخاند.

Aber sie drehte den Schlüssel ganz leise und vorsichtig um.

اما او خیلی آرام و با دقت کلید را چرخاند.

Auf diese Weise würde nur Gregor wissen, dass die Tür verschlossen war.

به این ترتیب فقط گرگور می‌دانست که در قفل است.

Nun konnte er es sich so bequem machen, wie er wollte.

حالا می‌توانست هر طور که دلش می‌خواست خودش را راحت کند.

Gregors Beine surrten, als es Zeit zum Essen war.

وقت غذا خوردن که رسید، پاهای گرگور به وزوز افتادند.

Bemerkenswert ist, dass er keinerlei Beschwerden mehr verspürte.

شایان ذکر است که او دیگر هیچ ناراحتی احساس نمی‌کرد.

Seine Wunden müssen bereits vollständig verheilt sein.

زخم‌هایش حتماً تا الان کاملاً خوب شده‌اند.

Weil er seine früheren Behinderungen nicht mehr spürte.

زیرا دیگر ناتوانی های قبلی خود را احساس نمی کرد.

Seine neue Fähigkeit zu heilen überraschte und verblüffte ihn.

توانایی جدید او در شفابخشی، او را شگفت‌زده و مبهوت کرد.

Vor mehr als einem Monat schnitt er sich mit einem Messer in den Finger.

بیش از یک ماه پیش او انگشتش را با چاقو برید.

Bis vor zwei Tagen schmerzte ihn diese Wunde noch.

تا دو روز پیش، آن زخم هنوز او را آزار می‌داد.

„Bin ich jetzt viel weniger empfindlich?“, dachte er bei sich.

با خودش فکر کرد: «آیا الان خیلی کمتر حساس هستم؟»

Inzwischen lutschte er gierig an dem Käse.

حالا دیگر داشت با ولع پنیر را می‌مکید.

Er fühlte sich vom Käse mehr angezogen als von den anderen Speisen.

او بیشتر از بقیه غذاها به پنیر علاقه داشت.

Er aß schnell ein Stück Käse nach dem anderen.

او به سرعت تکه‌های پنیر را یکی پس از دیگری خورد.

Beim Genuss des Geschmacks traten ihm vor Zufriedenheit die Tränen in die Augen.

از طعم آن، چشمانش از رضایت اشک آلود شد.

Nach dem Käse aß er das Gemüse und die Soße.

بعد از پنیر، سبزیجات و سس را خورد.

Das frische Essen schmeckte ihm jedoch nicht.

با این حال، غذای تازه برایش طعم خوبی نداشت.

Tatsächlich konnte er nicht einmal den Geruch von frischen Lebensmitteln ertragen.

در واقع او حتی نمی‌توانست بوی غذای تازه را تحمل کند.

Er hat sogar die anderen Lebensmittel von den frischen Lebensmitteln weggezerrt.

او حتی غذای دیگر را از کنار غذای تازه کشید و دور کرد.

Und im Nu hatte er auch noch das Essbare aufgegessen.

و خیلی سریع خوردنی‌ترین غذا را تمام کرد.

Das ganze leckere Essen hatte eine schläfrig machende Wirkung auf ihn.

تمام غذاهای خوشمزه تأثیر خواب‌آوری بر او داشتند.

Und er lag träge an der Stelle, wo er gegessen hatte.

و او با تنبلی در جایی که غذا خورده بود، دراز کشید.

Schließlich kam seine Schwester zurück, um noch einmal nach ihm zu sehen.

بالاخره خواهرش برگشت تا دوباره حالش را بپرسد.

Sie hatte die Weitsicht, den Schlüssel ganz langsam umzudrehen.

او این دوراندیشی را داشت که خیلی آهسته کلید را بچرخاند.

Dies war für Gregor ein Warnsignal, sich zurückzuziehen.

این به گرگور هشدار داد که باید عقب‌نشینی کند.

Benommen und erschrocken huschte er zurück unter das Sofa.

گیج و مبهوت، با عجله به زیر مبل برگشت.

Doch diesmal war es nicht so einfach, unter dem Sofa zu bleiben.

اما این بار ماندن زیر مبل چندان آسان نبود.

Sein Körper war durch das viele Essen etwas runder geworden.

بدنش از شدت خوردن آن همه غذا کمی گرد شده بود.

Und er musste sich beherrschen, nicht wieder auszulaufen.

و او مجبور بود خودش را کنترل کند که دوباره تمام نشود.

Auch wenn die Schwester nicht lange im Zimmer blieb.

با اینکه خواهر زیاد در اتاق نماند.

In dem engen Raum rang er nach Luft.

زیر آن فضای تنگ به سختی نفس می‌کشید.

Doch er überwand die kurzen Anfälle von Atemnot.

اما او از میان حملات کوتاه خفگی جان سالم به در برد.

Mit aufgerissenen Augen beobachtete er die Aktivitäten der Schwester.

با چشمانی از حدقه بیرون زده، فعالیت‌های خواهر را زیر نظر داشت.

Die ahnungslose Schwester schüttete alles in einen Eimer.

خواهر بی‌خبر همه چیز را داخل سطل ریخت.

Sie entsorgte nicht nur das Essen, das Gregor nicht gegessen hatte.

او نه تنها غذاهایی را که گرگور نخورده بود دور ریخت.

Aber sie entsorgte auch das Essen, das er nicht angerührt hatte.

اما او همچنین غذایی را که او به آن دست نزده بود، دور ریخت.

Offenbar war dieses Essen nun für niemanden mehr genießbar.

ظاهراً آن غذا دیگر برای هیچ‌کس قابل خوردن نبود.

Anschließend verschloss sie den Futtereimer mit einem Holzdeckel.

سپس سطل غذا را با یک درب چوبی بست.

Und mit dem Essen, dem Eimer und dem Wischmopp ging sie.

و با غذا، سطل و تی، آنجا را ترک کرد.

Gregor hätte nicht mehr lange warten können.

گرگور نمی‌توانست بیشتر از این منتظر بماند.

Sobald sie weg war, entkam er unter dem Sofa hervor.

به محض اینکه او رفت، او از زیر مبل فرار کرد.

Und er streckte sich aus und atmete erleichtert auf.

و او کش و قوسی به بدنش داد و با آسودگی نفس راحتی کشید.

So erhielt Gregor von nun an regelmäßig seine Nahrung.

از این به بعد گرگور هر از گاهی به این شکل غذا دریافت می‌کرد.

Seine Schwester gab ihm einmal früh am Morgen etwas zu essen.

خواهرش یک بار صبح زود به او غذا داد.

Zu dieser Stunde schliefen die Eltern und das Dienstmädchen noch.

در این ساعت والدین و خدمتکار هنوز خواب بودند.

Und er erhielt eine zweite Mahlzeit, nachdem alle anderen bereits zu Mittag gegessen hatten.

و بعد از اینکه همه ناهار خوردند، او غذای دوم را دریافت کرد.

Denn zu dieser Zeit schliefen die Eltern auch eine Weile.

زیرا در آن زمان والدین نیز مدتی می‌خوابیدند.

Und das Dienstmädchen wurde von der Schwester mit einer Besorgung weggeschickt.

و کنیز را خواهر برای انجام کاری فرستاد.

Sie hatten ganz sicher nicht die Absicht, Gregor verhungern zu lassen.

آنها مطمئناً قصد نداشتند گرگور را از گرسنگی بکشند.

Aber sie hätten ihm auch nicht beim Essen zusehen wollen.

اما آنها هم نمی‌خواستند غذا خوردن او را تماشا کنند.

Die Angaben der Schwester reichten als Information aus.

آنچه خواهر اشاره کرد، اطلاعات کافی بود.

Vielleicht war es ihre Art, den Eltern den Kummer zu ersparen.

شاید این روش او برای رهایی والدین از غم و اندوه بود.

Sie hatten unter seinen Taten schon genug gelitten.

آنها به اندازه کافی از اعمال او رنج کشیده بودند.

Der erste Tag verblasste langsam zu einer fernen Erinnerung.

روز اول کم کم داشت به خاطره ای دور تبدیل می شد.

Gregor hatte keine Möglichkeit zu erfahren, was an diesem Tag geschah.

گرگور هیچ راهی برای دانستن اینکه آن روز چه اتفاقی افتاده بود، نداشت.

Wie wurde der Schlüsseldienstmitarbeiter aus der Wohnung geleitet?

کلیدساز چگونه از آپارتمان بیرون هدایت شد؟

Mit welchen Ausreden war der Arzt schließlich zufrieden?

با چه بهانه‌هایی بالاخره دکتر راضی شد؟

Er hatte keinen Weg gefunden, sich verständlich zu machen.

او هیچ راهی برای قابل فهم کردن منظورش پیدا نکرده بود.

Es gelang ihm nicht einmal, mit seiner Schwester zu kommunizieren.

او حتی نتوانسته با خواهرش ارتباط برقرار کند.

Und so dachten sie, er könne sie nicht verstehen.

و بنابراین آنها فکر کردند که او نمی‌تواند آنها را درک کند.

Und deshalb wurde auch kein Versuch unternommen, mit ihm zu sprechen.

و به همین دلیل هیچ تلاشی برای صحبت با او صورت نگرفت.

Seine Schwester kam jeden Morgen und jeden Mittag in sein Zimmer.

خواهرش هر روز صبح و ناهار به اتاقش می‌آمد.

Doch er musste sich damit begnügen, ihre Seufzer zu hören.

اما مجبور بود به شنیدن آه‌های او اکتفا کند.

Später gewöhnte sie sich dann doch etwas mehr an Gregors Gestalt.

بعداً او کمی بیشتر به هیکل گرگور عادت کرد.

Und sie fühlte sich etwas freier, weitere Bemerkungen zu machen.

و او کمی آزادی بیشتر برای اظهار نظرهای بیشتر احساس کرد.

(Obwohl sie sich nie ganz an ihn gewöhnen würde.)

(اگرچه او هرگز کاملاً به او عادت نکرد.)

Und dann fühlte sich Gregor wieder etwas mehr angesprochen.

و بعد گرگور دوباره احساس کرد که بیشتر با او صحبت می‌شود.

Und er nahm wahr, was er als freundliche Kommentare empfand.

و او متوجه نظراتی شد که آنها را دوستانه می‌دانست.

„Ihm hat das Essen heute geschmeckt“ oder „Er hat alles aufgegessen“.

«او امروز از غذایش لذت برد» یا «او همه چیز را خورد.»

Das war aber erst der Fall, nachdem er sein gesamtes Essen aufgegessen hatte.

اما این فقط زمانی بود که او تمام غذایش را خورده بود.

Doch in letzter Zeit kam dies immer seltener vor.

اما اخیراً این اتفاق کمتر و کمتر رخ می‌داد.

„Er hat sein Essen kaum angerührt“, sagte sie jetzt immer öfter.

حالا بیشتر می‌گفت: «به ندرت به غذایش دست می‌زد».

Und jedes Mal schwang ein Hauch von Traurigkeit in ihrer Stimme mit.

و هر بار رگه‌هایی از غم در صدایش موج می‌زد.

Gregor konnte keine anderen Nachrichten direkter empfangen.

گرگور نمی‌توانست خبر دیگری را مستقیم‌تر از این بشنود.

Aber er hörte viele Neuigkeiten aus den angrenzenden Zimmern mit.

اما او از اتاق‌های مجاور خبرهای زیادی شنید.

Als er Stimmen hörte, rannte er zur entsprechenden Tür.

وقتی صداهایی شنید، به سمت در مربوطه دوید.

Und er presste seinen ganzen Körper gegen die Tür, um zu hören.

و تمام بدنش را به در چسباند تا بشنود.

Alle Gespräche drehten sich in irgendeiner Weise um ihn.

هر مکالمه‌ای به نحوی به او مربوط می‌شد.

Selbst wenn es scheinbar um etwas ganz anderes ging.

حتی وقتی به نظر می‌رسید موضوع درباره چیز دیگری است.

Diese Beobachtung traf insbesondere in der Anfangszeit zu.

این مشاهده به ویژه در روزهای اولیه صادق بود.

Bei jeder Mahlzeit wiederholten sie die gleiche Diskussion.

در هر وعده غذایی، آنها همان بحث را تکرار می‌کردند.

Sie waren sich noch immer unsicher, wie sie sich ihm gegenüber verhalten sollten.

آنها هنوز مطمئن نبودند که چگونه باید در کنار او رفتار کنند.

Das gleiche Thema wurde aber auch zwischen den Mahlzeiten besprochen.

اما همین موضوع بین وعده‌های غذایی نیز مورد بحث قرار گرفت.

Weil immer zwei Familienmitglieder zu Hause waren.

چون همیشه دو نفر از اعضای خانواده در خانه بودند.

Niemand wollte allein im Haus bleiben.

هیچ‌کس نمی‌خواست تنها در خانه بماند.

Aber die Wohnung leer stehen zu lassen, kam auch nicht in Frage.

اما خالی گذاشتن آپارتمان هم غیرممکن بود.

Das Dienstmädchen war die Einzige, die nicht an die Wohnung gebunden war.

خدمتکار تنها کسی بود که به آپارتمان وابسته نبود.

Sie hatte bereits am ersten Tag darum gebeten, gehen zu dürfen.

او از همان روز اول درخواست رفتن کرده بود.

Sie kniete nieder und flehte darum, entlassen zu werden.

او زانو زد و التماس کرد که او را مرخص کنند.

Die Familie wusste nicht, wie viel das Dienstmädchen tatsächlich wusste.

خانواده نمی‌دانستند که خدمتکار واقعاً چقدر می‌داند.

Zu diesem Zeitpunkt hatte sie nicht mehr gesehen als alle anderen.

در آن مرحله، او چیزی بیشتر از هر کس دیگری ندیده بود.

Was geschehen war, blieb der Familie weiterhin ein Rätsel.

آنچه اتفاق افتاده بود هنوز برای خانواده یک راز بود.

Doch eine Viertelstunde später verabschiedete sie sich.

اما یک ربع بعد، او خداحافظی کرد.

Und sie dankte der Familie mit Tränen in den Augen.

و با چشمانی اشکبار از خانواده تشکر کرد.

Aber eigentlich dankte sie ihnen dafür, dass sie sie freigelassen hatten.

اما واقعاً از آنها به خاطر آزاد کردنش تشکر کرد.

Sie schienen ihr größte Freundlichkeit entgegengebracht zu haben.

به نظر می‌رسید که آنها بیشترین لطف را به او نشان داده‌اند.

Sie leistete sogar einen Eid, ohne dazu aufgefordert worden zu sein.

او حتی بدون اینکه از او خواسته شود، سوگند یاد کرد.

Sie sagte, sie würde niemandem erzählen, was passiert war.

او گفت که به کسی نخواهد گفت چه اتفاقی افتاده است.

Nun musste die Schwester zusammen mit ihrer Mutter kochen.

حالا خواهر مجبور بود به همراه مادرش آشپزی کند.

Das war aber keine allzu große Unannehmlichkeit.

اما این واقعاً خیلی هم دردسرساز نبود.

Weil die beiden sowieso fast nichts aßen.

چون آن دو تقریباً هیچ چیزی نخوردند.

Immer und immer wieder hörte Gregor dasselbe Gespräch mit.

گرگور بارها و بارها همان مکالمه را شنید.

Einer der beiden sagte dem anderen, er müsse mehr essen.

یکی به دیگری می‌گفت که باید بیشتر غذا بخورد.

Diese Person erhielt jedoch keine Antwort von der betreffenden Person.

اما آن شخص هیچ پاسخی از آن شخص دریافت نکرد.

„Danke, ich habe genug", oder etwas Ähnliches.

»ممنون، به اندازه کافی دارم« یا چیزی شبیه به این.

Vielleicht tranken sie auch gar nichts mehr.

شاید آنها هم دیگر چیزی ننوشیدند.

Die Schwester fragte ihren Vater oft, ob er Bier wolle.

خواهر اغلب از پدرش می‌پرسید که آیا آبجو می‌خواهد یا نه.

Und sie bot freundlicherweise an, das Bier selbst zu holen.

و او با گرمی پیشنهاد داد که خودش آبجو را بیاورد.

Der Vater schwieg auf ihre Bitte hin stets.

پدر همیشه در برابر درخواست او سکوت می‌کرد.

Die Schwester musste also einen Weg finden, jeden Zweifel auszuräumen.

بنابراین خواهر مجبور بود راهی پیدا کند تا هرگونه شک و تردیدی را از بین ببرد.

Und sie sagte, sie würde das Dienstmädchen losschicken, um Bier zu holen.

و گفت که خدمتکار را می‌فرستد تا برایش آبجو بیاورد.

Doch dann sagte der Vater schließlich ein lautes, deutliches „Nein".

اما بالاخره پدر با صدای بلند و قاطعی گفت: »نه.«

Das Thema, dass er ein Bier trank, wurde danach nicht mehr erwähnt.

سپس دیگر از موضوع آبجو خوردن او صحبتی نشد.

Er hatte die finanzielle Situation bereits zuvor erläutert.

او پیش از این، وضعیت مالی را توضیح داده بود.

Tatsächlich sprach er schon am ersten Tag über Finanzen.

در واقع، او همان روز اول به مسائل مالی اشاره کرد.

Er machte ihnen die Aussichten deutlich.

او آنها را به خوبی از چشم‌اندازها آگاه کرد.

Sein eigenes Unternehmen war vor etwa fünf Jahren zusammengebrochen.

کسب و کار خودش حدود پنج سال پیش ورشکست شده بود.

Hin und wieder stand er auf, um den Tisch zu verlassen.

هر از گاهی بلند می‌شد تا میز را ترک کند.

Und er ging zur Kasse seines alten Geschäfts.

و به سمت صندوق مغازه قدیمی‌اش رفت.

Aus Sentimentalität hatte er die Kasse aufgehoben.

او از روی احساسات، صندوق فروشگاه را نجات داده بود.

Gregor hörte, wie er ein schweres und kompliziertes Schloss öffnete.

گرگور صدای او را شنید که قفل سنگین و پیچیده‌ای را باز می‌کرد.

Und er holte Quittungen und Bücher aus der Kasse.

و رسیدها و کتاب‌ها را از صندوق بیرون آورد.

Nachdem er die Gegenstände an sich genommen hatte, schloss er die Geldkassette wieder ab.

بعد از برداشتن اشیا، دوباره صندوق پول را قفل کرد.

Gregor hatte seit seiner Gefangennahme keine guten Nachrichten mehr erhalten.

گرگور از زمان زندانی شدنش هیچ خبر خوبی نشنیده بود.

Er glaubte, das Geschäft habe seinen Vater in den Ruin getrieben.

او فکر می‌کرد که این تجارت، پدرش را ورشکست کرده است.

Dieser Eindruck war Gregor vom Vater sicherlich vermittelt worden.

پدر مطمئناً این تصور را در گرگور ایجاد کرده بود.

Und Gregor fragte ihn nie wieder nach den Finanzen.

و گرگور دیگر هیچ‌وقت از او دربارهٔ امور مالی نپرسید.

Gregor wollte alles tun, was er konnte, um der Familie zu helfen.

گرگور می‌خواست تمام تلاشش را برای کمک به خانواده انجام دهد.

Er wollte ihnen helfen, das geschäftliche Unglück zu vergessen.

او می‌خواست به آنها کمک کند تا بدشانسیِ کاری‌شان را فراموش کنند.

Der Bankrott, der zur völligen Hoffnungslosigkeit führte.

ورشکستگی که ناامیدی کامل را به همراه داشت.

So begann er mit einer ganz besonderen Leidenschaft zu arbeiten.

بنابراین او با شور و اشتیاق بسیار خاصی شروع به کار کرد.

Er war quasi über Nacht zum Handelsreisenden geworden.

او تقریباً یک شبه به یک فروشنده سیار تبدیل شده بود.

Davor hatte er lediglich als schlecht bezahlter Angestellter gearbeitet.

پیش از آن، او فقط به عنوان یک کارمند با حقوق کم کار می‌کرد.

Nun boten sich ihm völlig andere Verdienstmöglichkeiten.

حالا او فرصت‌های درآمدزایی کاملاً متفاوتی داشت.

Erfolgreiche Verkäufe konnten sofort in Bargeld umgewandelt werden.

فروش‌های موفق می‌توانستند بلافاصله به پول نقد تبدیل شوند.

Das Geld wird natürlich aus seinen Provisionen ausgezahlt.

البته این پول از محل پورسانت‌های او پرداخت می‌شود.

Nun konnte Gregor Geld auf den Familientisch bringen.

حالا گرگور می‌توانست پولی سر سفره خانواده بگذارد.

Und sie waren erstaunt und erfreut über seinen Verdienst.

و آنها از درآمد او شگفت‌زده و خوشحال شدند.

Aber diese schönen Zeiten werden sich nicht wiederholen.

اما آن روزهای زیبا دیگر تکرار نخواهند شد.

Sie hatten sich gerade erst an diese schönen Zeiten gewöhnt.

آنها تازه به این روزهای خوب عادت کرده بودند.

Jeden Zahltag nahm die Familie das Geld dankbar entgegen.

هر روز حقوق، خانواده با سپاسگزاری پول را می‌پذیرفتند.

Und Gregor war ebenso gern bereit, das Geld
herauszugeben.

و گرگور به همان اندازه از دادن پول خوشحال بود.

Doch die im Gegenzug entgegengebrachte herzliche
Zuneigung erlosch allmählich.

اما محبت گرمی که در عوض به او داده می‌شد، کم‌کم از بین رفت.

Nur seine Schwester stand Gregor noch so nahe wie zuvor.

فقط خواهرش مثل قبل به گرگور نزدیک ماند.

Im Gegensatz zu Gregor hatte sie eine tiefe Wertschätzung
für Musik.

او، برخلاف گرگور، علاقه‌ی عمیقی به موسیقی داشت.

Und sie konnte sehr berührend Geige spielen.

و او می‌دانست که چگونه ویولن را بسیار تأثیرگذار بنوازد.

Gregor plante insgeheim, sie auf eine Musikschule zu
schicken.

گرگور مخفیانه قصد داشت او را به مدرسه موسیقی بفرستد.

Er hatte noch nicht entschieden, wie er die Kosten decken
würde.

او هنوز تصمیم نگرفته بود که چگونه هزینه‌ها را پرداخت کند.

Aber irgendwie würde er die Kosten decken.

اما به هر طریقی که بود، هزینه‌ها را پوشش می‌داد.

Gelegentlich unternahmen Gregor und seine Familie
Kurztrips.

گرگور و خانواده‌اش گاهی اوقات با شلوارک به سفرهای تفریحی
می‌رفتند.

Gregor und seine Schwester sprachen oft über dieses Thema.

گرگور و خواهر اغلب این موضوع را مطرح می‌کردند.

Es wurde aber immer nur als eine wunderbare Idee erwähnt.

اما فقط به عنوان یک ایده فوق‌العاده از آن یاد می‌شد.

Sie glaubten nicht wirklich, dass der Traum in Erfüllung gehen könnte.

آنها واقعاً باور نداشتند که این رویا می‌تواند محقق شود.

Und den Eltern gefielen solche fantasievollen Ambitionen nicht.

و والدین چنین جاه‌طلبی‌های خیال‌پردازانه‌ای را دوست نداشتند.

Selbst wenn das Thema ganz harmlos angesprochen wurde.

حتی وقتی که موضوع خیلی معصومانه مطرح شد.

Gregor dachte aber weiterhin an die Musikschule.

اما گرگور همچنان به مدرسه موسیقی فکر می‌کرد.

Und er hatte vor, das Geschenk am Heiligabend anzukündigen.

و او قصد داشت هدیه را در شب کریسمس اعلام کند.

In seinem jetzigen Zustand wäre das natürlich unmöglich.

البته در شرایط فعلی او این غیرممکن خواهد بود.

Doch solche Gedanken gingen ihm durch den Kopf.

اما چنین افکاری از سرش می‌گذشت.

Und solche Gedanken kamen ihm, während er der Familie zuhörte.

و او هنگام گوش دادن به صحبت‌های خانواده، چنین افکاری در سر داشت.

Manchmal war er zu müde, um ihnen weiter zuzuhören.

بعضی وقت‌ها آنقدر خسته می‌شد که دیگر نمی‌توانست به حرف‌هایشان گوش دهد.

Vor Erschöpfung sank sein Kopf gegen die Tür.

از خستگی سرش به در تکیه داده بود.

Doch er legte sofort wieder seinen Kopf gegen die Tür.

اما بلافاصله دوباره سرش را به در تکیه داد.

Denn selbst das leiseste Geräusch war draußen zu hören.

چون حتی کوچکترین صدایی هم از بیرون شنیده می‌شد.

Und jedes Geräusch, das er machte, brachte die Familie zum Schweigen.

و هر صدایی که او ایجاد می‌کرد، خانواده را ساکت می‌کرد.

„Was macht er denn jetzt?", fragte der Vater die Familie.

پدر از خانواده پرسید: «الان دارد چه کار می‌کند؟»

Und er ging zur Tür, um nachzusehen, was das Geräusch verursachte.

و به سمت در رفت تا ببیند صدا از چیست.

Und dann wurde das unterbrochene Gespräch allmählich wieder aufgenommen.

و سپس مکالمه قطع شده به تدریج از سر گرفته شد.

Was der Vater aber sagte, überraschte alle auf positive Weise.

اما آنچه پدر با اطمینان گفت همه را شگفت زده کرد.

Gregor erfuhr nun den wahren Stand der Finanzen.

گرگور حالا از وضعیت واقعی امور مالی باخبر شده بود.

Trotz all des Unglücks gab es auch etwas Glück.

با وجود همه بدشانسی‌ها، کمی هم خوش‌شانسی وجود داشت.

Ein kleines Vermögen aus alten Zeiten war noch vorhanden.

هنوز ثروت بسیار کمی از روزگار قدیم آنجا بود.

Der Vater erklärte die Dinge, musste sich aber wiederholen.

پدر چیزهایی را توضیح داد، اما مجبور شد حرف‌هایش را تکرار کند.

Weil er sich eine Weile nicht mehr mit diesen Dingen befasst hatte.

چون مدتی بود که به این چیزها نپرداخته بود.

Und weil die Mutter solche Dinge nicht verstand.

و چون مادر چنین چیزهایی را نمی‌فهمید.

Die Zinssätze der Bank waren etwas gestiegen.

نرخ بهره بانکی کمی افزایش یافته بود.

Das unberührte Geld hatte sich stärker erhöht als erwartet.

پول دست نخورده بیش از حد انتظار افزایش یافته بود.

Darüber hinaus hatte Gregor ihnen immer seine Ersparnisse gegeben.

علاوه بر این، گرگور همیشه پس‌اندازش را به آنها داده بود.

Er hatte nur wenige Gulden für sich behalten.

او تا به حال فقط چند گیلدر برای خودش نگه داشته بود.

Und sein Geld war auch noch nicht vollständig aufgebraucht.

و پولش هم کاملاً تمام نشده بود.

Zusammen hatte sich dieses Geld zu einem kleinen Kapital angesammelt.

این پول روی هم رفته سرمایه کوچکی را تشکیل داده بود.

Gregor nickte hinter seiner Tür eifrig zu der Nachricht.

گرگور، پشت در اتاقش، با اشتیاق به خبرها سر تکان داد.

Er war erfreut über diese unerwartete Vorsicht und Sparsamkeit.

او از این احتیاط و صرفه جویی غیرمنتظره خوشحال شد.

Die überschüssigen Mittel hätten zur Tilgung der Schulden verwendet werden können.

می‌توانستند از وجوه مازاد برای پرداخت بدهی استفاده کنند.

Dann hätten sie dem Chef nichts mehr geschuldet.

آنوقت دیگر هیچ بدهی به رئیس نداشتند.

Und Gregor hätte schon viel früher eine neue Stelle annehmen können.

و گرگور می‌توانست خیلی زودتر به شغل جدیدی نقل مکان کند.

Aber so, wie der Vater es arrangiert hatte, war es jetzt viel besser.

اما روشی که پدر ترتیب داده بود، حالا خیلی بهتر شده بود.

Das Geld reichte nicht ganz zum Leben von den Zinsen.

پول آنقدر نبود که بشود با بهره‌اش زندگی کرد.

Und ein Teil des Geldes musste für Notfälle zurückgelegt
werden.

و مقداری پول باید برای مواقع اضطراری کنار گذاشته می‌شد.

Das Geld hätte nur für ein oder zwei Jahre gereicht.

این پول فقط برای یک یا دو سال کافی بود.

Das bedeutete, dass jemand Geld verdienen musste, damit
sie leben konnten.

این به این معنی بود که کسی باید برای گذران زندگی پول درمی‌آورد.

Der Vater war nicht krank und er war stark genug.

پدر بیمار نبود و به اندازه کافی قوی بود.

Doch er war seit mehr als fünf Jahren arbeitslos.

اما او بیش از پنج سال بیکار بود.

Und aufgrund seines Alters hatte er kaum noch
Selbstvertrauen.

و به دلیل سنش، اعتماد به نفس کمی برایش باقی مانده بود.

Er hatte in letzter Zeit auch deutlich an Gewicht
zugenommen.

او همچنین در این اواخر وزن زیادی اضافه کرده بود.

Sein Leben war stets mühsam und erfolglos gewesen.

زندگی او همیشه پر از سختی و شکست بود.

Und dies war der erste Urlaub, den er je verbracht hatte.

و این اولین تعطیلاتی بود که او تا به حال داشته است.

Und da er nicht beschäftigt war, war er ziemlich ungeschickt
geworden.

و بدون اینکه کسی او را مشغول نگه دارد، کاملاً دست و پا چلفتی شده
بود.

Wäre es besser, wenn die alte Mutter das Geld verdienen
würde?

آیا بهتر است که مادر پیر پول را به دست آورد؟

Die alte Mutter, die an Asthma litt.

مادر پیری که از آسم رنج می‌برد.

Die alte Mutter, die Mühe hatte, die Treppe hinaufzugehen.

مادر پیری که به سختی از پله‌ها بالا می‌رفت.

Die alte Mutter, die ihre Zeit damit verbrachte, auf dem Sofa zu liegen.

مادر پیری که وقتش را روی مبل دراز می‌کشید.

Die alte Mutter, die es vorzog, am Fenster zu sitzen.

مادر پیری که ترجیح می‌داد کنار پنجره بماند.

Damit sie bei Bedarf durchatmen konnte.

تا بتواند در مواقع لزوم نفس تازه کند.

Wäre es besser, wenn die jüngere Schwester das Geld verdienen würde?

آیا بهتر است که خواهر جوان پول را به دست آورد؟

Die Schwester, die mit siebzehn Jahren noch ein Kind war.

خواهری که در هفده سالگی، هنوز کودکی بیش نبود.

Die Schwester, die nur wenige, bescheidene Freuden hatte.

خواهری که فقط چند لذت کوچک داشت.

Die Schwester, die am liebsten Geige spielte.

خواهری که عمدتاً از نواختن ویولن لذت می‌برد.

Sie wusste, dass ihr bisheriger Lebensstil sehr beneidenswert war;

او می‌دانست که شیوه‌ی زندگی قبلی‌اش بسیار رشک‌برانگیز بوده است؛

Sich schick anziehen, ausschlafen, im Haushalt helfen.

لباس خوب پوشیدن، تا دیروقت بیدار ماندن، کمک کردن در کارهای خانه.

Das Gespräch drehte sich oft um die Notwendigkeit, Geld zu verdienen.

مکالمه اغلب به نیاز به کسب درآمد می‌کشید.

Gregor war immer der Erste, der die Tür losließ.

گرگور همیشه اولین کسی بود که در را رها می‌کرد.

Das Gespräch erfüllte ihn mit Scham und Trauer.

این گفتگو او را از شرم و اندوه داغ کرد.

Also warf er sich auf das kühle Ledersofa.

بنابراین خودش را روی مبل چرمی خنک می‌انداخت.

Und den Rest der Nacht verbrachte er oft auf dem Sofa.

و او اغلب بقیه شب را روی مبل می‌گذراند.

Er hat nie wirklich auf dem Sofa geschlafen, auch nicht nachts.

او هیچ‌وقت واقعاً روی مبل نمی‌خوابید، و شب‌ها هم نمی‌خوابید.

Oft kratzte er stundenlang an dem Leder.

اغلب او ساعت‌ها بی‌وقفه چرم را می‌خاراند.

Manchmal schob er den Sessel ans Fenster.

بعضی وقت‌ها هم صندلی راحتی را تا کنار پنجره هل می‌داد.

Allein dies erforderte von seiner Seite einen erheblichen Aufwand.

این به تنهایی مستلزم تلاش زیادی از جانب او بود.

Der Sessel half ihm, auf die Fensterbank zu klettern.

صندلی راحتی به او کمک کرد تا روی لبه پنجره بخزد.

Und von dort aus konnte er sich ans Fenster lehnen.

و از آنجا توانست به پنجره تکیه دهد.

Er empfand dabei stets ein großes Gefühl der Freiheit.

او با انجام این کار احساس آزادی زیادی می‌کرد.

Vielleicht suchte er nach einem alten, befreienden Gefühl.

شاید او دنبال یک حس رهایی‌بخش قدیمی می‌گشت.

Doch seine Sehkraft war nicht mehr so scharf wie früher.

اما دیدش دیگر مثل سابق تیز نبود.

Dinge in geringer Entfernung waren verschwommen und undeutlich.

چیزهایی که در فاصله کمی بودند، تار و نامشخص بودند.

Er konnte das Krankenhaus auf der anderen Straßenseite nicht mehr sehen.

دیگر نمی‌توانست بیمارستان آن طرف خیابان را ببیند.

Vorher hatte er den Anblick verflucht, jetzt wollte er ihn sehen.

پیش از این منظره را نفرین کرده بود، حالا می‌خواست آن را ببیند.

Er wusste, dass er in der ruhigen, städtischen Charlottenstraße wohnte.

او می‌دانست که در خیابان شارلوتن، خیابان آرام و شهری، زندگی می‌کند.

Aber vielleicht dachte er, er blicke in die Wüste.

اما شاید فکر می‌کرد که دارد به بیابان نگاه می‌کند.

Eine Ödnis, wo grauer Himmel und graue Erde verschmolzen.

سرزمین بایری که آسمان خاکستری و زمین خاکستری در آن به هم می‌پیوستند.

Zweimal bemerkte die aufmerksame Schwester, dass der Stuhl verschoben worden war.

خواهرِ هوشیار دو بار متوجه شد که صندلی تکان خورده است.

Nachdem sie aufgeräumt hatte, schob sie den Stuhl zurück ans Fenster.

بعد از مرتب کردن، صندلی را به سمت پنجره هل داد.

Und von nun an ließ sie sogar den Fensterflügel offen.

و از حالا به بعد او حتی کرکره پنجره را هم باز گذاشت.

Gregor wünschte sich sehr, er hätte mit seiner Schwester sprechen können.

گرگور واقعاً آرزو می‌کرد که می‌توانست با خواهرش صحبت کند.

Er wollte ihr für alles danken, was sie für ihn getan hatte.

دلش می‌خواست از او به خاطر تمام کارهایی که برایش انجام داده بود تشکر کند.

Dann hätte er ihre Dienste leichter toleriert.

آنگاه او راحت‌تر می‌توانست خدمات آنها را تحمل کند.

Doch so wie die Dinge standen, litt er darunter, dass sie ihm half.

اما در هر صورت، او از کمک او رنج می‌برد.

Die Schwester versuchte natürlich, die Peinlichkeit zu überspielen.

خواهر، البته، سعی کرد خجالت را کمرنگ کند.

Und sie tat ihr Bestes, so zu tun, als ob sie sich nicht belastet fühlte.

و او تمام تلاشش را کرد تا وانمود کند که بار مسئولیتی را احساس نمی‌کند.

Natürlich musste sie das erst einmal üben.

البته این چیزی است که او ابتدا باید تمرین می‌کرد.

Und je mehr Zeit verging, desto besser wurde sie darin.

و هر چه زمان بیشتر می‌گذشت، او در این کار بهتر می‌شد.

Gregor erhielt jedoch auch mehr Zeit, um ihr Täuschungsmanöver zu durchschauen.

اما به گرگور زمان بیشتری هم داده شد تا تظاهر او را ببیند.

Schon das Betreten seines Zimmers durch sie war für ihn eine Tortur.

حتی ورود او به اتاقش برای او یک مصیبت بود.

Kaum war sie eingetreten, rannte sie direkt zum Fenster.

به محض اینکه وارد شد، مستقیم به سمت پنجره دوید.

Sie nahm sich nicht einmal die Zeit, die Tür zu schließen.

حتی وقت نکرد در را ببندد.

Normalerweise ersparte sie allen den Anblick von Gregors Zimmer.

معمولاً او همه را از دیدن اتاق گرگور معاف می‌کرد.

Und mit hastigen Händen riss sie das Fenster auf.

و با دستانی عجولانه پنجره را به زور باز کرد.

Dann atmete sie wieder, als ob sie erstickt wäre.

سپس دوباره نفس کشید، انگار که داشت خفه می‌شد.

Die einströmende Luft war kalt, und sie atmete tief durch.

هوای ورودی سرد بود و او نفس عمیقی کشید.

Dennoch blieb sie noch eine Weile am Fenster stehen.

اما با این وجود، او مدتی کنار پنجره ماند.

Mit dieser Routine ängstigte sie Gregor zweimal täglich.

او با این کار، روزی دو بار گرگور را می‌ترساند.

Während sie im Zimmer war, zitterte er unter dem Sofa.

در حالی که او در اتاق بود، مرد زیر مبل می‌لرزید.

Er wusste, dass sie ihm diese Tortur gern erspart hätte.

او می‌دانست که او دوست دارد او را از این مصیبت نجات دهد.

Aber sie konnte nicht in dem Zimmer sein, wenn das Fenster geschlossen war.

اما او نمی‌توانست در اتاقی باشد که پنجره‌اش بسته است.

Einmal kam sie etwas früher.

یک بار بود که او کمی زودتر آمد.

Vermutlich etwa einen Monat nach Gregors Verwandlung.

احتمالاً حدود یک ماه پس از تحول گرگور.

Sie hatte sich ein wenig an sein neues Aussehen gewöhnt.

او تا حدودی به ظاهر جدیدش عادت کرده بود.

Sie hatte also keinen Grund mehr, besonders schockiert zu sein.

بنابراین او دیگر دلیلی برای شوکه شدن نداشت.

Sie fand ihn immer noch regungslos aus dem Fenster starrend vor.

او را دید که هنوز بی‌حرکت به بیرون پنجره خیره شده است.

Er befand sich am schrecklichsten Ort, an dem er hätte sein können.

او در وحشتناک‌ترین جایی که می‌توانست باشد، قرار داشت.

Er wäre nicht überrascht gewesen, wenn sie nicht hereingekommen wäre.

اگر او وارد نشده بود، تعجب نمی‌کرد.

Er hinderte sie daran, das Fenster zu öffnen.

جایی که او مانع از باز کردن پنجره توسط او شد.

Sie verließ schnell wieder das Zimmer und schloss die Tür.

دوباره سریع از اتاق بیرون رفت و در را بست.

Ein Fremder hätte zu allen möglichen Schlussfolgerungen gelangen können.

یک غریبه می‌توانست به انواع و اقسام نتیجه‌گیری‌ها برسد.

Vielleicht wartete er nur auf die Gelegenheit, sie zu beißen.

شاید او فقط منتظر فرصتی بود تا او را گاز بگیرد.

Gregor versteckte sich natürlich sofort unter dem Sofa.

گرگور، البته، بلافاصله زیر مبل پنهان شد.

Doch er musste bis Mittag warten, bis seine Schwester
zurückkehrte.

اما مجبور بود تا ظهر منتظر بماند تا خواهرش برگردد.

Und sie wirkte viel unruhiger als sonst.

و او خیلی بی‌قرارتر از همیشه به نظر می‌رسید.

Ihm wurde klar, dass der Anblick von ihm immer noch
unerträglich war.

متوجه شد که دیدن او هنوز هم برایش غیرقابل تحمل است.

Der Anblick von ihm würde für sie weiterhin unerträglich
bleiben.

دیدن او برایش غیرقابل تحمل باقی می‌ماند.

Sie konnte es wahrscheinlich nicht ertragen, auch nur einen
Teil von ihm zu sehen.

احتمالاً تحمل دیدن هیچ قسمتی از او را نداشت.

Ein kleines Teil ragte immer unter dem Sofa hervor.

همیشه یک قسمت کوچک از زیر مبل بیرون زده بود.

Eines Tages trug er ein Bettlaken auf dem Rücken zum Sofa.

یک روز او یک ملحفه را روی پشتش تا روی مبل حمل کرد.

Er wollte verhindern, dass sie irgendetwas von ihm sah.

می‌خواست کاری کند که او هیچ قسمتی از وجودش را نبیند.

Er richtete das Bettlaken so aus, dass er vollständig verdeckt
war.

او ملحفه را طوری مرتب کرد که تمام بدنش پنهان بماند.

Selbst wenn sie sich bückte, könnte sie ihn nicht sehen.

حتی اگر خم می‌شد، نمی‌توانست او را ببیند.

Für Gregor dauerte die gesamte Arbeit mehr als drei
Stunden.

کل این تلاش بیش از سه ساعت برای گرگور طول کشید.

Möglicherweise hielt sie das Bettlaken für überflüssig.

شاید فکر می‌کرد که ملحفه غیرضروری است.

Sie hätte gewusst, dass er das Bettlaken nicht wollte.

او حتماً می‌دانست که او ملحفه را نمی‌خواهد.

Er tat es zu ihrem Wohlbefinden und nicht für sich selbst.

او این کار را برای راحتی او انجام می‌داد، نه برای خودش.

Und sie hätte das Bettlaken abnehmen können, wenn sie gewollt hätte.

و اگر می‌خواست می‌توانست ملحفه را کنار بزند.

Aber sie ließ das Bettlaken dort, wo Gregor es hingelegt hatte.

اما ملافه را همان جایی که گرگور گذاشته بود، گذاشت.

Und Gregor glaubte sogar, einen dankbaren Blick erhascht zu haben.

و گرگور حتی فکر کرد که نگاه سپاسگزاری را دیده است.

Er hatte das Bettlaken vorsichtig mit dem Kopf angehoben.

او به آرامی با سرش ملافه را بالا زده بود.

Er wollte herausfinden, ob seiner Schwester die Vereinbarung gefiel.

او می‌خواست ببیند که آیا خواهرش از این چیدمان خوشش آمده است یا نه.

Die ersten zwei Wochen waren für die Eltern am schwierigsten.

دو هفته اول برای والدین سخت‌ترین بود.

Sie brachten es nicht übers Herz, hereinzukommen und ihn zu sehen.

آنها نتوانستند خود را راضی کنند که به داخل بیایند و او را ببینند.

Er belauschte in dieser Zeit viele ihrer Gespräche.

او در این زمان بسیاری از مکالمات آنها را شنید.

Sie nahmen alles, was die Schwester tat, voll und ganz zur Kenntnis.

آنها کاملاً هر کاری که خواهر انجام می‌داد را تصدیق کردند.

Auch wenn sie früher oft verärgert über sie waren.

با اینکه قبلاً اغلب از او دلخور بودند.

Weil sie ein ziemlich nutzloses Mädchen gewesen zu sein schien.

چون به نظر می‌رسید که او دختر بی‌فایده‌ای است.

Nun warteten sie auf der anderen Seite des Raumes.

حالا آنها بودند که در آن سوی اتاق منتظر بودند.

Und sie war es, die den Raum betrat, um alles zu erledigen.

و این او بود که برای انجام همه کارها وارد اتاق شد.

Sobald sie herauskam, wollten sie alles wissen.

به محض اینکه او بیرون آمد، آنها می‌خواستند همه چیز را بدانند.

Sie musste ihnen genau beschreiben, wie das Zimmer aussah.

او مجبور بود دقیقاً به آنها بگوید اتاق چه شکلی است.

„Was hat Gregor gegessen? Wie hat er sich diesmal verhalten?“

»گرگور چی خورد؟ این دفعه چه رفتاری داشت؟«

„War vielleicht eine leichte Verbesserung zu bemerken?“

»شاید کمی پیشرفت محسوس بود؟«

Die Mutter war übrigens tatsächlich mutiger.

اتفاقاً، مادر واقعاً شجاع‌تر بود.

Und natürlich war es ihr eigener Sohn im Zimmer.

و البته پسر خودش هم داخل اتاق بود.

Sie wollte Gregor eigentlich schon bald besuchen.

او در واقع می‌خواست نسبتاً زود گرگور را ببیند.

Doch der Vater und die Schwester hielten sie zunächst zurück.

اما پدر و خواهر در ابتدا مانع او شدند.

Sie brachten sehr rationale Argumente dafür vor, dass sie nicht gehen sollte.

آنها استدلال‌های بسیار منطقی‌ای برای نرفتن او آوردند.

Gregor hörte ihren Argumenten sehr aufmerksam zu.

گرگور با دقت فراوان به استدلال آنها گوش داد.

Und er akzeptierte die Argumentation genauso wie seine Mutter.

و او هم مثل مادرش این استدلال را پذیرفت.

Später musste sie jedoch mit Gewalt zurückgehalten werden.

اما بعداً مجبور شدند او را به زور عقب نگه دارند.

"Lasst mich zu Gregor hinein, er ist mein unglücklicher Sohn!"

»بگذار بروم داخل، پیش گرگور، او پسر نگون بخت من است!«

"Verstehst du denn nicht, dass ich ihn aufsuchen muss?"

»مگر نمی‌فهمی که باید بروم او را ببینم؟«

Gregor ließ sich ebenfalls von den Argumenten seiner Mutter überzeugen.

گرگور هم با استدلال های مادرش قانع شد.

Vielleicht hatte sie recht; es wäre gut, wenn sie hereinkäme.

شاید حق با او بود؛ خوب می‌شد اگر او می‌آمد داخل.

Ihn jeden Tag zu besuchen, wäre viel zu viel.

هر روز دیدنش خیلی زیاده‌روی خواهد بود.

Aber ihn vielleicht einmal pro Woche zu sehen, könnte genügen.

اما شاید هفته‌ای یک بار دیدنش کافی باشد.

Sie versteht die Dinge vielleicht viel besser als die Schwester.

او ممکن است مسائل را خیلی بهتر از خواهرش درک کند.

Trotz all ihres Mutes war sie doch nur ein Kind.

با وجود تمام شجاعتش، او هنوز فقط یک کودک بود.

Vielleicht war es kindliche Unbekümmertheit, die sie dazu veranlasste, diese Aufgabe anzunehmen.

شاید بی‌احتیاطی کودکانه باعث شد که او این وظیفه را به عهده بگیرد.

Doch Gregors Wunsch, seine Mutter wiederzusehen, ging bald in Erfüllung.

اما آرزوی گرگور برای دیدن مادرش خیلی زود محقق شد.

Tagsüber hielt sich Gregor vom Fenster fern.

گرگور در طول روز از پنجره فاصله می‌گرفت.

Dies tat er aus Rücksicht auf seine Eltern.

او این کار را به خاطر احترام به والدینش انجام داد.

Er hatte nicht viel Platz, um auf dem Boden herumzukriechen.

او فضای زیادی برای خزیدن روی زمین نداشت.

Es fiel ihm schwer, nachts still zu liegen.

برایش سخت بود که شب‌ها بی‌حرکت دراز بکشد.

Das Essen bereitete ihm nicht einmal mehr die geringste Freude.

دیگر غذا خوردن کوچکترین لذتی برایش نداشت.

Natürlich musste er sich irgendwie ablenken.

البته او باید راهی برای پرت کردن حواسش پیدا می‌کرد.

Um sich die Zeit zu vertreiben, kletterte er die Wände rauf und runter.

برای سرگرم کردن خودش، از دیوارها بالا و پایین می‌خزید.

Und er kroch auch kopfüber an der Decke entlang.

و او همچنین در امتداد سقف، بالا و پایین، سینه خیز رفت.

Besonders glücklich war er, als er von der Decke hing.

او مخصوصاً وقتی از سقف آویزان می‌شد، خیلی خوشحال بود.

Es war etwas völlig anderes, als auf dem Boden zu liegen.

کاملاً با دراز کشیدن روی زمین فرق داشت.

In dieser Position fiel ihm das Atmen deutlich leichter.

او متوجه شد که در این حالت نفس کشیدن برایش بسیار آسان‌تر است.

Ein leichtes, aber angenehmes Kribbeln durchfuhr seinen Körper.

لرزشی خفیف اما دلپذیر از بدنش گذشت.

Manchmal gab er sich seinem Glück sogar zu sehr hin.

گاهی اوقات او حتی بیش از حد در شادی خود غرق می‌شد.

Manchmal ließ er sich ablenken und ließ die Decke los.

او گاهی حواسش پرت می‌شد و سقف را رها می‌کرد.

Und zu seiner eigenen Überraschung landete er wieder auf dem Boden.

و در کمال تعجب خودش دوباره روی زمین فرود آمد.

Aber er hatte seinen Körper deutlich besser unter Kontrolle als zuvor.

اما او کنترل بدنش را خیلی بهتر از قبل در دست داشت.

So verletzte er sich nun nicht mehr bei so heftigen Stürzen.

بنابراین او حالا از چنین سقوط‌های بزرگی آسیبی ندیده بود.

Die Schwester bemerkte sofort Gregors neue Freude.

خواهر فوراً متوجه لذت جدید گرگور شد.

Und dort, wo er gekrochen war, waren Klebstoffreste zu sehen.

و ردی از چسب در جایی که او خزیده بود، دیده می‌شد.

Auch hier dachte die Schwester an Gregors Wohlbefinden.

اینجا دوباره خواهر به سلامتی گرگور فکر کرد.

Vielleicht würde er mehr Platz zum Herumkriechen begrüßen.

شاید او قدردان فضای بیشتر برای خزیدن باشد.

Und der Gedanke hatte sich fest in ihrem Kopf verankert.

و این ایده کاملاً در ذهن او تثبیت شد.

Einige der großen Möbelstücke behinderten seine Bewegungsfreiheit.

بعضی از اثاثیه بزرگ مانع از حرکت آزادانه او می‌شدند.

Da er nicht mehr arbeitete, brauchte er den Schreibtisch nicht mehr.

او دیگر کار نمی‌کرد، بنابراین نیازی به میز نداشت.

Und die Schachtel nahm auch mehr Platz ein als nötig. ***

و جعبه هم فضای بیشتری از آنچه لازم بود اشغال کرد***.

Die Schwester war nicht in der Lage, diese Dinge allein zu bewegen.

خواهر به تنهایی قادر به جابجایی این وسایل نبود.

Natürlich wagte sie es nicht, den Vater um Hilfe zu bitten.

البته او جرات نکرد از پدرش کمک بخواهد.

Das Dienstmädchen hätte ihr sicherlich auch nicht geholfen.

آن خدمتکار هم مطمئناً به او کمکی نمی‌کرد.

Das neue Dienstmädchen war tatsächlich ein Jahr jünger als sie.

خدمتکار جدید در واقع یک سال از او کوچکتر بود.

Sie hatte mutig die Rolle der ehemaligen Magd übernommen.

او شجاعانه نقش خدمتکار سابق را بر عهده گرفته بود.

Doch ein Privileg wollte sie unbedingt haben.

اما یک امتیاز وجود داشت که او اصرار داشت از آن برخوردار باشد.

Sie wollte die Küche stets verschlossen halten.

دلش می‌خواست آشپزخانه همیشه قفل باشد.

Daher blieb der Schwester nichts anderes übrig, als ihre Mutter zu fragen.

بنابراین خواهر چاره‌ای جز پرسیدن از مادرش نداشت.

Unter Freudenschreien kam die Mutter herbei, um zu helfen.

مادر با فریادهای شادی و هیجان برای کمک به سمتش آمد.

Doch an der Tür zu Gregors Zimmer verstummte sie.

اما او در آستانه‌ی در اتاق گرگور ساکت شد.

Die Schwester überprüfte, ob im Zimmer alles in Ordnung war.

خواهر بررسی کرد که آیا همه چیز در اتاق خوب است یا خیر.

Gregor hatte das Bettlaken hastig noch straffer gezogen.

گرگور با عجله ملحفه را محکم‌تر به دور خود پیچیده بود.

Obwohl das Bettlaken immer noch willkürlich angeordnet aussah.

اگرچه ملحفه هنوز هم به نظر نامنظم چیده شده بود.

Erst dann ließ sie ihre Mutter ins Zimmer.

و تنها پس از آن اجازه داد مادرش وارد اتاق شود.

Gregor verzichtete auch darauf, unter dem Laken hervorzuspähen.

گرگور همچنین از جاسوسی از زیر ملحفه خودداری کرد.

Er beschloss, diesmal auf einen Besuch bei seiner Mutter zu verzichten.

او تصمیم گرفت این بار از دیدن مادرش صرف نظر کند.

Gregor war schon froh genug, dass sie überhaupt gekommen war.

گرگور از اینکه او اصلاً آمده بود، به اندازه کافی خوشحال بود.

„Komm herein, du kannst ihn nicht sehen", sagte die Schwester.

خواهر گفت: «بیا تو، نمی‌توانی او را ببینی».

Gregor nahm an, dass sie ihre Mutter an der Hand führte.

گرگور فرض کرد که او مادرش را با دست هدایت می‌کند.

Dann hörte er, wie die beiden schwachen Frauen die Möbel verrückten.

سپس صدای دو زن ضعیف را شنید که داشتند اثاثیه را جابه‌جا می‌کردند.

Die Schwester schien den größten Teil der Arbeit für sich zu beanspruchen.

به نظر می‌رسید خواهر بیشتر کارها را برای خودش انجام می‌دهد.

Ihre Mutter befürchtete, sie würde sich überanstrengen.

مادرش می‌ترسید که او بیش از حد به خودش فشار بیاورد.

Doch die Schwester schenkte diesen Warnungen keine Beachtung.

اما خواهر به این هشدارها توجهی نکرد.

Doch auch nach fünfzehn Minuten ging es nur sehr langsam voran.

اما حتی بعد از پانزده دقیقه هم پیشرفت خیلی کند بود.

Es war ihnen nicht gelungen, die Möbel weit zu bewegen.

آنها نتوانسته بودند اثاثیه را خیلی جابجا کنند.

Langsam beschlich sie ein Gefühl der Niederlage.

کم کم داشتند حس شکست را تجربه می‌کردند.

Die Mutter war die Erste, die die Sinnlosigkeit eingestand.

مادر اولین کسی بود که به بیهودگی این کار اعتراف کرد.

"Vielleicht wäre es besser, die Schachtel hier zu lassen."

«شاید بهتر باشد جعبه را اینجا بگذاریم».

„Die Kiste ist zu schwer, als dass wir sie noch viel weiter bewegen könnten.“

«جعبه خیلی سنگین است و نمی‌توانیم خیلی جلوتر برویم».

„Und wir werden nicht fertig sein, bevor dein Vater eintrifft.“

«و ما تا قبل از رسیدن پدرت کار را تمام نمی‌کنیم».

„Wenn wir die Kiste hier lassen würden, würde das seinen Weg nur noch mehr versperren.“

«گذاشتن جعبه اینجا، راهش را بیشتر مسدود می‌کرد».

Und können wir sicher sein, dass wir ihm damit einen Gefallen tun?

«و آیا می‌توانیم مطمئن باشیم که داریم به او لطف می‌کنیم؟»

Sie begannen zu glauben, dass das Gegenteil durchaus der Fall sein könnte.

آنها شروع به فکر کردن کردند که ممکن است عکس این قضیه صادق باشد.

Der Anblick der leeren Wand lastete schwer auf ihrem Herzen.

دیدن دیوار خالی دلش را به درد آورد.

Was spricht dagegen, dass Gregor das auch so empfinden würde?

چی میشه گفت که گرگور هم همچین احساسی نخواهد داشت؟

„Er hat sich bereits an die Möbel in seinem Zimmer gewöhnt.“

او از قبل به مبلمان اتاقش عادت کرده است.

„In einem leeren Zimmer könnte er sich noch verlassener fühlen."

او ممکن است در یک اتاق خالی حتی بیشتر احساس رها شدن کند.

Ihre Stimme war inzwischen fast zu einem Flüstern gesunken.

حالا دیگر صدایش تقریباً به زمزمه‌ای تبدیل شده بود.

Sie wusste tatsächlich nicht, wo sich Gregor genau aufhielt.

او در واقع محل دقیق گرگور را نمی‌دانست.

Sie wollte nicht einmal, dass er ihre Stimme hörte.

دلش نمی‌خواست حتی صدایش را هم بشنود.

Obwohl sie sich sicher war, dass er sie nicht verstand.

اگرچه مطمئن بود که او او را درک نمی‌کند.

„Würde es nicht so aussehen, als hätten wir ihn völlig aufgegeben?"

«به نظر نمی‌رسد که ما کاملاً از او ناامید شده‌ایم؟»

"Wird er nicht das Gefühl haben, dass wir ihn mit der Situation allein lassen?"

«آیا احساس نخواهد کرد که او را به حال خود رها کرده‌ایم تا تنها با این شرایط کنار بیاید؟»

„Wir sollten den Raum genau so verlassen, wie er war."

«ما باید اتاق را دقیقاً به همان شکلی که بود، ترک کنیم».

„Irgendwann wird Gregor zu uns zurückkehren, so wie er war."

«سرانجام گرگور همانطور که بود، پیش ما باز خواهد گشت».

„Dann wird er feststellen, dass alles noch an seinem Platz ist."

«آنگاه او خواهد دید که همه چیز هنوز سر جای خودش است».

„Und er wird die Übergangszeit viel leichter vergessen."

و او دوره موقت را خیلی راحت‌تر فراموش خواهد کرد».

Als Gregor diese Worte hörte, begriff er etwas.

وقتی گرگور این حرف‌ها را شنید، متوجه چیزی شد.

Sein Verstand war in den letzten zwei Monaten verwirrt
worden.

ذهنش در طول دو ماه گذشته آشفته شده بود.

Der Mangel an menschlicher Interaktion hatte ihm nicht
gutgetan.

فقدان تعامل انسانی برای او خوب نبود.

Er brauchte das eintönige Leben im Kreise seiner Familie
wirklich.

او واقعاً به زندگی یکنواخت در میان خانواده‌اش نیاز داشت.

Warum sonst hätte er eine solch unsinnige Forderung
gestellt?

وگرنه چرا باید چنین درخواست بی‌معنی و بی‌معنی‌ای را مطرح می‌کرد؟

Welchen Sinn sollte es denn haben, sein Zimmer zu
räumen?

چه دلیلی برای خالی کردن اتاقش وجود داشت؟

Das gemütliche Zimmer war mit geerbten Möbeln
eingerichtet.

اتاق راحت با مبلمان موروثی مبله شده بود.

Warum sollte er diese bekannte Wärme in eine Höhle
verwandeln wollen?

چرا او باید بخواهد این گرمای آشنا را به یک غار تبدیل کند؟

Eine Höhle, in der er ungestört in alle Richtungen kriechen
konnte.

غاری که می‌توانست در آن با آرامش به هر سو بخزد.

Doch in einer Höhle vergaß er rasch seine menschliche
Vergangenheit.

اما غاری که در آن به سرعت گذشته انسانی خود را فراموش کرد.

Er fragte sich, ob er schon kurz davor war, alles zu
vergessen.

باید فکر می‌کرد که آیا همین الان هم به فراموشی نزدیک شده است یا نه.

Die Stimme seiner Mutter hatte ihn aufgerüttelt und seine
Erinnerung wachgerufen.

صدای مادرش او را به یاد گذشته انداخت.

Die Stimme, die er so lange nicht gehört hatte.

صدایی که مدت‌ها بود نشنیده بود.

Nichts durfte entfernt werden; alles musste bleiben.

هیچ چیز نباید حذف می‌شد؛ همه چیز باید سر جایش می‌ماند.

Die Möbel wirkten sich positiv auf seinen Zustand aus.

مبلمان تأثیر مثبتی بر وضعیت او گذاشت.

Und ohne diesen Anker zur Vergangenheit konnte er nicht zurechtkommen.

و او نمی‌توانست بدون این تکیه‌گاه به گذشته کنار بیاید.

Die Möbel hinderten ihn daran, sinnlos herumzukriechen.

اثاثیه مانع از خزیدن بی‌هدف او می‌شد.

Das war aber kein Verlust, sondern vielmehr ein großer Vorteil.

اما این ضرر نبود؛ بلکه یک مزیت بزرگ بود.

Leider hatte die Schwester eine ganz andere Meinung.

متأسفانه خواهر نظر کاملاً متفاوتی داشت.

Sie war gewissermaßen zu einer Sprecherin Gregors geworden.

او تا حدودی به سخنگوی گرگور تبدیل شده بود.

Natürlich war ihre Meinung nicht völlig unberechtigt.

البته نظر او کاملاً بی‌اساس نبود.

Doch der Meinung ihrer Mutter musste hier widersprochen werden.

اما اینجا باید نظر مادرش نقض می‌شد.

Es war nicht nur die Kiste, die nun entfernt werden musste.

حالا فقط جعبه نبود که باید برداشته می‌شد.

Sein Schreibtisch und der Kleiderschrank konnten ebenfalls nicht bleiben.

میز تحریر و کمد لباسش هم نمی‌توانستند بمانند.

Das Einzige, was unverzichtbar war, war das Sofa.

تنها چیزی که ضروری بود، مبل بود.

Sie hat diese Entscheidung nicht aus kindischem Trotz getroffen.

او این تصمیم را فقط از روی لجبازی کودکانه نگرفت.

Es lag auch nicht an ihrem erst kürzlich gewonnenen Selbstvertrauen.

این اعتماد به نفسی که اخیراً به دست آورده بود هم نبود.

Das neue Selbstvertrauen, das sie hatte, trieb sie an, so hart für den Sieg zu arbeiten.

اعتماد به نفس جدیدی که برای به دست آوردنش باید سخت تلاش می‌کرد.

Auch wenn niemand erwartet hatte, dass sie dazu in der Lage sein würde.

با اینکه هیچ‌کس انتظار نداشت او بتواند این کار را انجام دهد.

Gregor brauchte tatsächlich viel Platz zum Kriechen.

گرگور واقعاً به فضای زیادی برای سینه خیز رفتن نیاز داشت.

Die Möbel schränkten den ihm zur Verfügung stehenden Raum zusätzlich ein.

مبلمان فقط فضای موجود او را محدود می‌کرد.

Sie konnte diese Dinge besser sehen als die Mutter.

او می‌توانست این چیزها را بهتر از مادر ببیند.

Aber vielleicht spielte auch ihre romantische Ader eine Rolle.

اما شاید روحیه رمانتیک او نیز نقشی داشته باشد.

Mädchen in diesem Alter entwickeln oft eine gewisse Begeisterung.

دخترهای آن سن اغلب شور و شوق خاصی پیدا می‌کنند.

Und sie verspüren das Bedürfnis, ihren Willen durchzusetzen, wann immer es ihnen möglich ist.

و آنها احساس می‌کنند که باید هر زمان که می‌توانند، حرف خود را بزنند.

Vielleicht wollte sie ihn deshalb heimlich sabotieren.

شاید به همین دلیل بود که می‌خواست مخفیانه او را خرابکاری کند.

Noch furchterregender ist er, wenn er an den Wänden
entlangkriecht.

وقتی روی دیوارها می‌خزد، ترسناک‌تر هم می‌شود.

Die Eltern trauten sich nicht mehr, das Zimmer zu betreten.

پدر و مادر دیگر جرات ورود به اتاق را نداشتند.

Sie wäre tatsächlich die alleinige Betreuerin ihres Bruders.

او واقعاً تنها سرپرست برادرش خواهد بود.

Sie ließ sich von ihrer Mutter nicht umstimmen.

او نگذاشت مادرش او را متقاعد کند که نظرش عوض شود.

Gregors Mutter fühlte sich in dem Zimmer bereits unwohl.

مادر گرگور از قبل در اتاق احساس ناراحتی می‌کرد.

Sie hörte bald auf zu sprechen und half ihrer Tochter erneut.

او خیلی زود حرف زدن را متوقف کرد و دوباره به دخترش کمک کرد.

Mit ihren letzten Kräften entfernten sie den Kleiderschrank.

با قدرت باقی مانده‌شان کمد لباس را برداشتند.

Auf die Kommode konnte er verzichten.

کمد کشودار چیزی بود که می‌توانست بدون آن سر کند.

Der Schreibtisch musste aber vorerst dort bleiben.

اما میز فعلاً باید سر جایش می‌ماند.

Während die Frauen weg waren, versuchte er, sich einen
Überblick über den Raum zu verschaffen.

در حالی که زن‌ها رفته بودند، او سعی کرد اتاق را ارزیابی کند.

Und Gregor streckte seinen Kopf unter dem Sofa hervor.

و گرگور سرش را از زیر مبل بیرون آورد.

Er musste sehen, was er in dieser Situation tun konnte.

او باید می‌دید که با توجه به شرایط چه کاری از دستش برمی‌آید.

Aber er war so vorsichtig und rücksichtsvoll wie möglich.

اما او تا حد امکان محتاط و با ملاحظه بود.

Leider war es die Mutter, die zuerst zurückkehrte.

متأسفانه این مادر بود که اول برگشت.

Grete war noch dabei, den Kleiderschrank im Nebenzimmer umzustellen.

گرت هنوز داشت کمد لباس اتاق بغلی را جابه‌جا می‌کرد.

Die Mutter war den Anblick Gregors jedoch nicht gewohnt.

اما مادر به دیدن گرگور عادت نداشت.

Schon ein flüchtiger Blick auf ihn hätte sie krank machen können.

حتی یک نگاه اجمالی به او می‌توانست حالش را بد کند.

Gregor eilte rückwärts zum anderen Ende des Sofas.

گرگور با عجله به عقب و به انتهای مبل رفت.

Aber er konnte sich nicht zurücklehnen und das Bettlaken ausbalancieren.

اما نمی‌توانست عقب برود و ملافه را متعادل نگه دارد.

Die Bewegung reichte aus, um die Aufmerksamkeit der Mutter zu erregen.

همین حرکت کافی بود تا توجه مادر را جلب کند.

Sie hielt inne und verharrte einen kurzen Moment ganz still.

مکثی کرد و برای لحظه‌ای کوتاه کاملاً بی‌حرکت ایستاد.

Dann drehte sie sich um und verließ das Zimmer wieder.

سپس برگشت و از اتاق بیرون رفت.

Gregor redete sich immer wieder ein, dass nichts Ungewöhnliches passiert sei.

گرگور مدام به خودش می‌گفت هیچ اتفاق غیرعادی‌ای نیفتاده است.

„Es handelt sich lediglich um ein paar Möbelstücke, die weggebracht wurden.“

»فقط مقداری از اثاثیه است که برده شده است.«

Doch schon bald musste er zugeben, dass ihn die Ereignisse mitgenommen hatten.

اما خیلی زود مجبور شد اعتراف کند که این وقایع او را تحت تأثیر قرار داده است.

Die Frauen hatten alles, was sie taten, auch gesagt.

زن‌ها هر کاری که می‌کردند را می‌گفتند.

Sie waren im Zimmer auf und ab gegangen.

آنها مدام در اتاق قدم می‌زدند و می‌آمدند.

Das Kratzen aller Möbelstücke auf dem Boden.

صدای خش خش تمام وسایل روی زمین.

Er hatte das Gefühl, von allen Seiten angegriffen zu werden.

احساس می‌کرد از هر طرف مورد هجوم قرار گرفته است.

Er zog Kopf und Beine so fest wie möglich an.

سر و پاهایش را تا جایی که می‌توانست محکم به داخل کشید.

Mit aller Kraft presste er seinen Körper zu Boden.

با تمام قدرت بدنش را به زمین فشار داد.

Er wusste, dass er das alles nicht mehr lange aushalten
konnte.

می‌دانست که دیگر نمی‌تواند این همه سختی را تحمل کند.

Sie räumten sein Zimmer aus und nahmen alles mit, was
ihm lieb und teuer war.

اتاقش را خالی کردند و هر چیزی را که دوست داشت، بردند.

Sie hatten bereits die Kiste mit all seinen Werkzeugen
mitgenommen.

آنها قبلاً جعبه‌ای را که تمام ابزارهایش در آن بود، برداشته بودند.

Nun lockerten sie seinen schweren Schreibtisch vom Boden.

حالا داشتند میز سنگینش را از روی زمین شل می‌کردند.

Der Schreibtisch, an dem er nach seiner Rückkehr von der
Arbeit gearbeitet hatte.

میزی که بعد از برگشتن از سر کار روی آن کار کرده بود.

Der Schreibtisch, an dem er seine Geschäftsaufgaben
erledigt hatte.

میزی که تکالیف کاری‌اش را روی آن نوشته بود.

Der Schreibtisch, an dem er in der Sekundarschule seine
Hausaufgaben gemacht hatte.

میزی که تکالیفش را در دوران راهنمایی روی آن انجام داده بود.

Ja, diesen Schreibtisch hatte er schon in der Grundschule.

بله، او قبلاً این میز را در دبستان داشت.

Er hatte wirklich keine Zeit, sich von ihren guten Absichten zu überzeugen.

او واقعاً وقت نداشت تا نیت خیر آنها را تأیید کند.

Obwohl er beinahe vergessen hatte, dass sie überhaupt da waren.

هرچند تقریباً فراموش کرده بود که آنها آنجا هستند.

Weil sie vor Erschöpfung still arbeiteten.

زیرا آنها به دلیل خستگی مفرط، بی‌صدا کار می‌کردند.

Sie waren zu müde, um ihre Bewegungen jetzt noch bekannt zu geben.

آنها خیلی خسته بودند که حالا حرکتشان را اعلام کنند.

Alles, was er hörte, waren ihre schweren Schritte auf dem Boden.

تنها چیزی که می‌شنید صدای قدم‌های سنگین آنها روی زمین بود.

Genau in diesem Moment lehnten sie an der Kiste.

درست در همان لحظه آنها به جعبه تکیه داده بودند.

Und da kam Gregor unter dem Sofa hervor.

و همان موقع بود که گرگور از زیر مبل بیرون آمد.

Er änderte viermal seine Laufrichtung.

او چهار بار جهت دویدنش را تغییر داد.

Er konnte sich nicht entscheiden, welcher Gegenstand zuerst gerettet werden musste.

او نمی‌توانست تصمیم بگیرد که کدام مورد باید اول ذخیره شود.

Plötzlich richtete sich sein Blick auf die leere Wand.

ناگهان توجهش به دیوار خالی جلب شد.

Alles, was sie ihm hinterlassen hatten, war das Bild der Dame im Pelzmantel.

تنها چیزی که برایش باقی مانده بود، عکس آن خانم خزپوش بود.

Er kroch zu dem Bild und drückte seinen Körper an sie.

او به سمت عکس خزید تا بدنش را به او بچسباند.

Und sein Körper verdeckte vollständig das Bild.

و بدنش کاملاً نمای تصویر را پوشانده بود.

Das Glas stützte ihn und kühlte seinen heißen Bauch.

لیوان او را سرپا نگه داشت و شکم داغش را آرام کرد.

Dieses Foto konnte ihm nicht mehr abgenommen werden.

دیگر نمی شد این عکس را از او گرفت.

Dann wandte er den Kopf zur Wohnzimmertür.

سپس سرش را به سمت درِ اتاق نشیمن چرخاند.

Er wollte zusehen, wie die Frauen ins Zimmer zurückkehrten.

او می‌خواست نگاه کند که زن‌ها به اتاق برمی‌گردند.

Und sie ruhten sich nicht lange aus, bevor sie wieder zurückkehrten.

و آنها خیلی زود استراحت نکردند و دوباره برگشتند.

Grete hatte den Arm um ihre Mutter gelegt, um ihr beim Gehen zu helfen.

بازوی گرت دور مادرش بود تا به او در راه رفتن کمک کند.

„Was sollen wir denn jetzt nehmen?", fragte Grete und blickte sich um.

گرت گفت: «حالا چی برداریم؟» و به اطراف نگاه کرد.

Genau in diesem Moment trafen sich ihre Blicke mit Gregors.

درست در همان لحظه نگاهش به چشمان گرگور افتاد.

Trotz des Schocks behielt sie die Fassung.

با وجود شوک وارده، او حضور ذهن خود را حفظ کرد.

Vermutlich nur wegen der Anwesenheit ihrer Mutter.

احتمالاً فقط به خاطر حضور مادرش.

Sie neigte ihr Gesicht zu ihrer Mutter und verdeckte ihr die Sicht.

صورتش را به سمت مادرش خم کرد و دیدش را پوشاند.

Und dann sagte sie, zitternd und gedankenlos:

و سپس با لرز و بی‌فکری گفت:

"Kommt schon, sollten wir nicht zurück ins Wohnzimmer gehen?"

»بیخیال، بهتر نیست برگردیم اتاق نشیمن؟«

Gregor konnte die Absichten der Schwester leicht verstehen.

گرگور به راحتی می‌توانست نیت خواهر را بفهمد.

Ihre oberste Priorität war es, ihre Mutter in Sicherheit zu bringen.

اولویت اول او رساندن مادرش به مکانی امن بود.

Aber dann wollte sie ihn von der Mauer herunterjagen.

اما بعد می‌خواست او را از روی دیوار پایین بکشد.

„Nun, sie kann es ja versuchen!“, dachte Gregor bei sich.

گرگور در دل فکر کرد: «خب، مطمئناً می‌تواند امتحان کند»!

Er behielt sein Bild fest im Blick und gab es nicht her.

او محکم و استوار روی عکسش نشسته بود و آن را رها نمی‌کرد.

Am liebsten wäre er der Schwester ins Gesicht gesprungen.

ترجیح می‌داد توی صورت خواهر بپرد.

Doch Gretes Worte hatten ihre Mutter noch mehr beunruhigt.

اما حرف‌های گرت، مادرش را بیشتر نگران کرده بود.

Sie trat beiseite, um zu sehen, was vor ihr verborgen wurde.

او کنار رفت تا ببیند چه چیزی از او پنهان شده است.

Und sie sah den braunen Fleck auf der geblümten Tapete.

و او لکه قهوه‌ای را روی کاغذ دیواری گلدار دید.

Und sie schrie auf, noch bevor sie merkte, dass es Gregor war.

و قبل از اینکه حتی متوجه شود گرگور است، جیغ زد.

"Oh Gott", schrie sie mit ausgestreckten Armen.

با دستانی گشوده فریاد زد: «خدای من»!

Und sie sank auf die Couch, als hätte sie aufgegeben.

و طوری روی کاناپه افتاد که انگار تسلیم شده بود.

„Gregor!“, rief die Schwester ihm mit erhobener Faust zu.

خواهر با مشتی گره کرده رو به او فریاد زد: «گرگور»!

Und sie warf ihm einen langen, harten und durchdringenden Blick zu.

و نگاهی طولانی، سخت و نافذ به او انداخت.

Dies war das erste Mal, dass sie direkt mit ihm gesprochen hatte.

این اولین باری بود که او مستقیماً با او صحبت می‌کرد.

Sie rannte ins Nebenzimmer, um Riechsalz zu holen.

او به اتاق بغلی دوید تا مقداری نمک معطر بیاورد.

Sie musste ihre Mutter wieder zum Bewusstsein bringen.

او مجبور شد مادرش را به هوش بیاورد.

Gregor wollte helfen, er konnte das Bild später aufbewahren.

گرگور می‌خواست کمک کند، می‌توانست بعداً عکس را ذخیره کند.

Doch er war fest an der Glasscheibe festgeklebt.

اما خودش را محکم به شیشه چسبانده بود.

Deshalb musste er sich mit großer Kraft losreißen.

بنابراین مجبور شد با نیروی زیادی خودش را از آن جدا کند.

Auch er rannte in den nächsten Raum, wo sich die Schwester befand.

او نیز به اتاق کناری، جایی که خواهر بود، دوید.

Früher hätte er ihr vielleicht einen Rat geben können.

در روزگاران قدیم می‌توانست به او نصیحتی بکند.

Doch nun konnte er nichts anderes tun, als tatenlos zuzusehen.

اما حالا کاری از دستش برنمی‌آمد جز اینکه بی‌تفاوت بایستد و تماشا کند.

Sie durchwühlte die Schublade und öffnete verschiedene Flaschen.

او جعبه را زیر و رو کرد و بطری‌های مختلف را باز کرد.

Und er erschreckte sie immer noch, als sie sich umdrehte.

و وقتی برگشت، هنوز هم او را می‌ترساند.

Eine Flasche fiel zu Boden, zerbrach und splitterte.

یک بطری روی زمین افتاد، شکست و تکه تکه شد.

Ein Glassplitter traf Gregor im Gesicht und verletzte ihn.

یک تکه شیشه به صورت گرگور برخورد کرد و او را زخمی کرد.

Die Flasche hatte eine Art ätzende Flüssigkeit enthalten.

بطری حاوی نوعی مایع سوزاننده بود.

Und nun brannte die ätzende Flüssigkeit auf Gregors Gesicht.

و حالا مایع خورنده داشت صورت گرگور را می‌سوزاند.

Die Schwester hatte jedoch im Moment keine Zeit für Gregor.

اما خواهر، در حال حاضر برای گرگور وقت نداشت.

Sie sammelte so viele Flaschen ein, wie sie tragen konnte.

او تا جایی که می‌توانست بطری‌ها را جمع کرد.

Und sie rannte mit der Medizin zurück zu ihrer Mutter.

و با دارو به سمت مادرش دوید.

Sie schlug die Tür mit dem Fuß zu und schloss Gregor aus.

با پایش در را محکم بست و گرگور را به بیرون پرت کرد.

Nun war er von seiner möglicherweise sterbenden Mutter abgeschnitten.

او حالا از مادرِ در حال مرگش جدا شده بود.

Wenn er die Tür öffnete, würde er die Schwester verjagen.

اگر در را باز می‌کرد، خواهر را از خود می‌راند.

Aber natürlich musste sie bleiben, um sich um die Mutter zu kümmern.

اما البته او مجبور بود بماند و از مادر مراقبت کند.

Es gab für ihn nichts anderes zu tun, als auf sie zu warten.

حالا کاری از دستش برنمی‌آمد جز اینکه منتظرشان بماند.

Von Selbstvorwürfen und Angst geplagt, begann er zu kriechen.

او که از سرزنش خود و اضطراب رنج می‌برد، شروع به خزیدن کرد.

Er kroch überall hin; an Wänden, Möbeln, der Decke.

او همه جا را می‌خزید؛ دیوارها، مبلمان، سقف.

Er hatte das Gefühl, als würde sich der ganze Raum um ihn drehen.

احساس می‌کرد تمام اتاق دور سرش می‌چرخد.

Schließlich fiel er, verzweifelt und schwindlig, wieder zu Boden.

سرانجام، در ناامیدی و سرگیجه، دوباره به زمین افتاد.

Und er fiel direkt auf den großen Esstisch.

و درست روی میز بزرگ غذاخوری افتاد.

Er lag eine Weile da, betäubt und unfähig sich zu bewegen.

او مدتی را در حالی که بی‌حس و ناتوان از حرکت بود، دراز کشید.

Er war erschöpft von all dem, was ihm dieser Tag gebracht hatte.

از تمام این روزی که بر سرش آمده بود، خسته شده بود.

Es herrschte ringsum Stille, aber vielleicht war das ein gutes Zeichen.

همه جا ساکت بود، اما شاید این نشانه خوبی بود.

Dann zerriss das Klingeln an der Haustür die Stille.

سپس، سکوت را شکست، زنگ در از بیرون به صدا درآمد.

Das Dienstmädchen hatte sich natürlich in ihrer Küche eingeschlossen.

البته خدمتکار خودش را در آشپزخانه حبس کرده بود.

Die Schwester war also die Einzige, die die Tür öffnen konnte.

بنابراین خواهر تنها کسی بود که می‌توانست در را باز کند.

„Was ist passiert?", fragte der Vater als Erstes.

»چی شده؟« اولین چیزی که پدر پرسید این بود.

Gretes Erscheinung hatte ihm wahrscheinlich alles verraten.

احتمالاً ظاهر گرت همه چیز را به او گفته بود.

Gretes Stimme wurde beim Sprechen gedämpft und dumpf.

صدای گرت هنگام صحبت خفه و گرفته شد.

Sie muss ihr Gesicht an die Brust ihres Vaters gedrückt haben.

حتماً صورتش را به سینه پدرش چسبانده بود.

„Mutter war bewusstlos, aber es geht ihr jetzt besser.“

»مادر بیهوش بود، اما الان حالش بهتر است«.

„Gregor ist entkommen“, fügte sie hinzu, was er auch erwartet hatte.

او اضافه کرد: »گرگور فرار کرده است.« که گرگور هم انتظارش را داشت.

"Ich habe dir doch immer gesagt, dass er eines Tages ausbrechen würde."

»من همیشه به تو گفته‌ام که او روزی فرار خواهد کرد«.

„Aber ihr Frauen wolltet mir ja nicht zuhören, nicht wahr?“

»اما شما زن‌ها نمی‌خواستید به حرف‌های من گوش بدهید، نه؟«

Gregor erkannte schnell, wie sein Vater die Dinge sehen würde.

گرگور خیلی زود فهمید که پدرش اوضاع را چگونه می‌بیند.

Er hatte Gretes allzu kurze Nachricht falsch interpretiert.

او پیام بیش از حد کوتاه گرت را اشتباه تفسیر کرده بود.

Er nahm an, Gregor habe eine Gewalttat begangen.

او فرض کرد که گرگور مرتکب عمل خشونت‌آمیزی شده است.

Gregor musste einen Weg finden, seinen Vater irgendwie zu besänftigen.

گرگور باید راهی پیدا می‌کرد تا به نحوی پدرش را آرام کند.

Weil er keine Zeit hatte, ihm die Dinge zu erklären.

چون وقت نداشت که برایش توضیح بدهد.

Aber er hätte die Dinge ohnehin nicht erklären können.

اما به هر حال او نمی‌توانست چیزها را توضیح دهد.

Da flüchtete er zur Tür und drückte sich dagegen.

پس به سمت در فرار کرد و خودش را به آن چسباند.

So konnte sein Vater ihn vom Vorzimmer aus sehen.

به این ترتیب پدرش می‌توانست او را از اتاق انتظار ببیند.

Und er würde erkennen, dass er die besten Absichten hatte.

و او می‌توانست ببیند که او بهترین نیت‌ها را دارد.

Es war nicht nötig, ihn mit einem Besen zurückzudrängen.

نیازی نبود با جارو او را به عقب هل بدهند.

Der Vater hätte lediglich die Tür öffnen müssen.

تنها کاری که پدر باید انجام می‌داد این بود که در را باز کند.

Doch er hatte keine Lust, solche Feinheiten zu bemerken.

اما او حوصله نداشت به چنین نکات ظریفی توجه کند.

"Da bist du ja!", rief er, sobald er eingetreten war.

به محض ورود فریاد زد: «اینجا هستی»!

Es war, als wäre er gleichzeitig wütend und glücklich.

انگار همزمان عصبانی و خوشحال بود.

Er zog den Kopf zurück und blickte zu seinem Vater auf.

سرش را عقب کشید و به پدر نگاه کرد.

Er hatte sich seinen Vater nicht so vorgestellt.

او تصور نمی‌کرد پدرش این‌طور آنجا ایستاده باشد.

Doch in letzter Zeit hatte er eine neue Ablenkung gefunden.

اما او اخیراً یک حواس‌پرتی جدید پیدا کرده بود.

Das Herumkriechen nahm nun einen großen Teil seines
Tages ein.

حالا خزیدن بخش زیادی از روزش را می‌گرفت.

Zuvor hatte er alle Neuigkeiten in der Wohnung im Blick
behalten.

قبلاً، او هرگونه خبری را در آپارتمان پیگیری می‌کرد.

Aber in letzter Zeit hatte er nicht mehr so genau darauf
geachtet.

اما او اخیراً آنقدرها هم توجه نمی‌کرد.

Er hätte auf Veränderungen vorbereitet sein müssen.

او باید برای مواجهه با تغییرات آماده می‌بود.

Aber war dieser Mann vor ihm noch der Vater?

با این وجود، آیا این مردِ قبل از او هنوز پدر بود؟

War er noch derselbe Mann, der früher müde in seinem Bett
lag?

آیا او او همان مردی بود که قبلاً خسته در رختخوابش دراز می‌کشید؟

Als Gregor bereits auf Geschäftsreise war.

وقتی گرگور قبلاً به یک سفر کاری رفته بود.

War er derselbe Mann, der ihn abends begrüßte?

آیا او همان مردی بود که عصرها به او سلام می‌کرد؟

Als er in seinem Morgenmantel in seinem Sessel saß.

وقتی که با لباس خوابش روی صندلی راحتی‌اش نشسته بود.

War er derselbe Mann, der nicht aufstehen konnte, um ihn zu begrüßen?

آیا او همان مردی بود که نتوانست برای استقبال از او بلند شود؟

So blieb er sitzen und hob freudig den Arm.

بنابراین، همانطور که نشسته بود، دستش را به نشانه شادی بالا برد.

War er derselbe Mann, mit dem er gelegentlich spazieren ging?

آیا او همان مردی بود که گهگاه با او به پیاده‌روی می‌رفت؟

In seltenen Fällen: an einigen Sonntagen im Jahr oder an Feiertagen.

در موارد نادر: چند یکشنبه در سال یا تعطیلات.

War er derselbe Mann, der in seinen Mantel gehüllt herüberkam?

آیا او همان مردی بود که در حالی که پالتویش را پیچیده بود، راه می‌رفت؟

Musste er sich langsam zwischen Mutter und ihm vorwärtsarbeiten?

آیا او به آرامی، بین خودش و مادرش، به سمت جلو درد زایمان کشید؟

Und sie gingen seinetwegen bereits langsam.

و آنها به خاطر او از قبل آهسته راه می‌رفتند.

Doch nun stand dieser Mann stark und aufrecht.

اما حالا این مرد محکم و راست ایستاده بود.

Er trug eine blaue Uniform mit goldenen Knöpfen.

او یک لباس فرم آبی با دکمه‌های طلایی پوشیده بود.

Knöpfe, die die Angestellten der Bankinstitute tragen.

دکمه‌هایی که خدمتکاران موسسات بانکی می‌پوشند.

Über dem steifen Kragen trat sein markantes Doppelkinn hervor.

از بالای یقه سفت، غبغب قوی‌اش نمایان شد.

Unter seinen buschigen Augenbrauen blickten seine schwarzen Augen hervor.

از زیر ابروهای پرپشتش، چشمان سیاهش به بیرون دوخته شده بود.

Seine Augen wirkten nun durchdringend, frisch und aufmerksam.

حالا چشمانش نافذ، شاداب و هوشیار به نظر می‌رسیدند.

Das zuvor zerzauste weiße Haar wurde glatt gekämmt.

موهای سفیدِ آشفته‌ی قبلی، به سمت پایین شانه شده بود.

Und sein Haar hatte nun einen sorgfältigen Mittelscheitel.

و حالا موهایش با دقت از وسط فرق باز شده بود.

Er warf seinen Hut weg, der mit einem goldenen Monogramm verziert war.

کلاهش را که با یک مونوگرام طلایی تزیین شده بود، پرتاب کرد.

Es handelte sich wahrscheinlich um das Monogramm der Bank, für die er arbeitete.

احتمالاً مونوگرام بانکی بود که در آن کار می‌کرد.

Und der Hut landete auf dem Sofa, um später weggeräumt zu werden.

و کلاه روی مبل افتاد تا بعداً آن را سر جایش بگذارد.

Er schob den Saum der langen Uniformjacke zurück.

پایین ژاکت بلند یونیفرم را عقب زد.

Und er steckte seine Daumen in die Hosentaschen.

و شست‌هایش را در جیب شلوارش فرو کرد.

Und dann ging er mit finsterer Miene auf Gregor zu.

و سپس با چهره‌ای گرفته به سمت گرگور رفت.

Er wusste wahrscheinlich selbst noch nicht, was er vorhatte.

احتمالاً خودش هم نمی‌دانست چه نقشه‌ای در سر دارد.

Dennoch hob er die Füße ungewöhnlich hoch.

اما با این وجود، پاهایش را به طور غیرمعمولی بالا برد.

Gregor staunte über die enorme Größe seiner Stiefel.

گرگور از بزرگی چکمه‌هایش شگفت‌زده شد.

Doch dafür blieb wirklich keine Zeit, seine Schuhe zu bewundern.

اما واقعاً فرصتی برای شگفت‌زده شدن از کفش‌هایش نبود.

Der Vater hatte sich für eine sehr strenge Disziplin entschieden.

پدر تصمیم گرفته بود که انضباط بسیار سختگیرانه‌ای داشته باشد.

Für Gregor war nur die größtmögliche Strenge angemessen.

فقط شدیدترین مجازات برای گرگور مناسب بود.

Das wusste er vom ersten Tag seiner Verwandlung an.

او این را از همان روز اول تحولش می‌دانست.

Er rannte zu seinem Vater und blieb stehen, als dieser stehen blieb.

او به سمت پدرش دوید و وقتی او ایستاد، ایستاد.

Als er sich wieder bewegte, huschte er erneut auf ihn zu.

وقتی دوباره حرکت کرد، دوباره با عجله به سمتش دوید.

Der Vater hielt einen Moment inne, und Gregor tat es ihm gleich.

پدر لحظه‌ای مکث کرد، گرگور هم همینطور.

Und sobald sich sein Vater bewegte, stürmte er wieder vorwärts.

و او به محض اینکه پدرش حرکت کرد، دوباره به جلو شتافت.

Auf diese Weise gingen sie mehrmals im Kreis um den Raum.

به این ترتیب آنها چندین بار دور اتاق چرخیدند.

Bislang hatte noch niemand einen entscheidenden Vorteil errungen.

هنوز هیچ برتری قاطعی نصیب هیچ‌کس نشده بود.

Man konnte nicht den Eindruck einer Verfolgungsjagd gewinnen.

اصلاً نمی‌شد حس تعقیب و گریز را از آن گرفت.

Weil das ganze Geschehen viel zu langsam vonstatten ging.

چون کل ماجرا خیلی کند پیش می‌رفت.

Gregor hatte beschlossen, am Boden zu bleiben.

گرگور تصمیم گرفته بود که روی زمین بماند.

Er hätte die Wände hoch und an der Decke entlanglaufen können.

او می‌توانست از دیوارها بالا برود و در امتداد سقف بدود.

Er wollte den Vater aber nicht unnötig provozieren.

اما او نمی‌خواست بی‌جهت پدر را تحریک کند.

Eine solche Flucht hätte besonders verwerflich erscheinen können.

چنین فراری می‌توانست به طرز خاصی شرورانه به نظر برسد.

Gregor räumte ein, dass diese Jagd nicht mehr lange dauern könne.

گرگور اعتراف کرد که این تعقیب و گریز نمی‌تواند زیاد طول بکشد.

Jeder Schritt erforderte eine Vielzahl von Bewegungen.

هر قدم باید با انبوهی از حرکات مواجه می‌شد.

Er begann bereits Atemnot zu verspüren.

او از قبل احساس تنگی نفس می‌کرد.

Schon vorher hatte er nie absolut zuverlässige Lungen gehabt.

حتی قبل از آن هم ریه‌های کاملاً قابل اعتمادی نداشت.

Er taumelte dahin und sparte seine Kräfte für den Lauf.

او تلوتلو خوران راه می‌رفت و نقاط قوتش را برای دویدن نگه می‌داشت.

Er war so müde, dass er die Augen kaum noch offen halten konnte.

آنقدر خسته بود که به سختی چشمانش را باز نگه داشته بود.

Seine Gedanken verlangsamten sich zu sehr, um an andere Fluchtmöglichkeiten zu denken.

افکارش آنقدر کند شده بود که نمی‌توانست به راه‌های فرار دیگری فکر کند.

Er hatte fast vergessen, dass ihm die Wände zur Verfügung standen.

او تقریباً فراموش کرده بود که دیوارها در دسترس او هستند.

Die Wände waren aber ohnehin hinter Möbeln verborgen.

اما به هر حال دیوارها پشت مبلمان پنهان شده بودند.

Und die Möbel wiesen zu viele Kerben und Vorsprünge auf.

و مبلمان بیش از حد فرورفتگی و برآمدگی داشت.

Und dann, direkt neben ihm, rollte ein Apfel.

و بعد، درست کنارش، در حالی که غلت می‌زد، یک سیب بود.

Ihm wurde klar, dass der Apfel nach ihm geworfen worden sein musste.

او متوجه شد که سیب حتماً به سمت او پرتاب شده است.

Doch er hatte keine Zeit zum Nachdenken, da kam schon der nächste Apfel.

اما قبل از اینکه سیب دیگری از راه برسد، وقت فکر کردن نداشت.

Gregor erstarrte vor Schreck über die neue Strategie seines Vaters.

گرگور از دیدن تدبیر جدید پدر، از تعجب خشکش زد.

Er konnte durch einen Fluchtversuch nichts mehr gewinnen.

او دیگر از تلاش برای دویدن چیزی به دست نمی‌آورد.

Der Vater hatte beschlossen, ihn mit Früchten zu überhäufen.

پدر تصمیم گرفته بود او را با میوه بمباران کند.

Er hatte sich die Taschen mit Obst aus der Küchenschale gefüllt.

جیب‌هایش را از ظرف میوه‌ی آشپزخانه پر کرده بود.

Ohne besonders darauf zu zielen, warf er Apfel um Apfel.

بدون هدف‌گیری خاص، سیب‌ها را یکی پس از دیگری پرتاب می‌کرد.

Diese kleinen roten Äpfel rollten auf dem Boden herum.

این سیب‌های قرمز کوچک روی زمین غلتیدند.

Wie von einem Stromschlag getroffen, stießen die Äpfel aneinander.

انگار که برق به آنها وصل شده باشد، سیب‌ها به هم برخورد کردند.

Einer der schwach geworfenen Äpfel streifte Gregors Rücken.

یکی از سیب‌هایی که با بی‌دقتی پرتاب شد، به پشت گرگور خورد.

Zum Glück für ihn rutschte der Apfel harmlos herunter.

خوشبختانه برای او، آن سیب بدون هیچ آسیبی سر خورد و افتاد.

Der anschließend geworfene Apfel traf jedoch genauer.

با این حال، سیبی که بعداً پرتاب شد دقیق‌تر بود.

Und dieser Apfel blieb tief in Gregors Rücken stecken.

و این سیب خودش را در اعماق پشت گرگور جا داد.

Gregor wollte sich vor dem Schmerz davonreißen.

گرگور می‌خواست خودش را از درد دور کند.

Vielleicht ließe sich diesem neuen, unvorstellbaren Schmerz entkommen.

شاید می‌شد از این درد جدید و باورنکردنی فرار کرد.

Vielleicht würde ein Ortswechsel seine Qualen lindern.

شاید تغییر مکان می‌توانست درد و رنجش را تسکین دهد.

Aber er fühlte sich, als wäre er am Boden festgenagelt.

اما احساس می‌کرد که به زمین میخکوب شده است.

Er streckte sich aus, aber nur aufgrund seiner Verwirrung.

او خودش را کش و قوس داد، اما فقط به دلیل گیجی‌اش.

Erst mit seinem letzten Blick sah er, wie sich die Tür öffnete.

تنها با آخرین نگاهش، باز شدن در را دید.

Die Mutter stürzte vor die schreiende Schwester hinaus.

مادر با عجله از جلوی خواهر جیغ‌زنان بیرون دوید.

Die Schwester hatte sie ausgezogen, sodass sie nur noch ihr Hemd trug.

خواهر لباس‌هایش را درآورده بود، بنابراین او با پیراهنش بود.

Sie hatte in ihrer Bewusstlosigkeit Freiraum gebraucht.

او در بیهوشی‌اش به فضای تنفس نیاز داشت.

Er sah noch, wie die Mutter auf den Vater zulief.

او هنوز می‌دید که چگونه مادر به سمت پدر می‌دود.

Ihre Röcke rutschten einer nach dem anderen zu Boden.

دامن‌هایش یکی پس از دیگری روی زمین سر خوردند.

Er sah, wie sie auf den Vater zuging und über ihren Rock
stolperte.

او دید که دختر به پدر نزدیک شد و دامنش به زمین خورد.

Sie umarmte ihn und bat darum, Gregors Leben zu
verschonen.

او را در آغوش گرفت و از گرگور خواست که جانش را نجات دهد.

In völliger Einheit mit seinem Körper versagte auch sein
Augenlicht.

در اتحاد کامل با بدنش، بینایی‌اش از کار افتاد.

Teil Drei

بخش سوم

Gregor litt über einen Monat lang unter der schweren Verletzung.

گرگور بیش از یک ماه از این آسیب شدید رنج برد.

Der Apfel steckte fest; niemand wagte es, ihn zu entfernen.

سیب در آن فرو رفته باقی ماند؛ هیچ کس جرأت بیرون آوردن آن را نداشت.

Der Apfel blieb als sichtbare Erinnerung in seinem Fleisch zurück.

سیب به عنوان یک یادآوری قابل مشاهده در گوشت او باقی ماند.

Der Apfel diente dem Vater aber auch als Erinnerung.

اما سیب همچنین به عنوان یادآوری برای پدر عمل کرد.

Ihm wurde klar, dass Gregor nicht wie ein Feind behandelt werden sollte.

او متوجه شد که نباید با گرگور مثل یک دشمن رفتار کرد.

Im Moment mag sein Erscheinungsbild traurig und abstoßend wirken.

در حال حاضر، ظاهر او ممکن است غم‌انگیز و چندش‌آور باشد.

Aber dennoch war er ein Mitglied ihrer Familie.

اما با این وجود، او هنوز عضوی از خانواده آنها بود.

Der Widerwille musste überwunden und toleriert werden.

این اکراه باید فرو خورده و تحمل می‌شد.

Aufgrund seiner Verletzung könnte seine Beweglichkeit für immer verloren sein.

به دلیل جراحتش، ممکن است برای همیشه قدرت حرکتش را از دست بدهد.

Er kroch immer noch in seinem Zimmer herum, aber viel langsamer.

او هنوز در اتاقش سینه خیز راه می‌رفت، اما خیلی کندتر.

Kriechen in irgendeiner Höhe war völlig ausgeschlossen.

خزیدن در هر ارتفاعی غیرممکن بود.

Gregor erhielt jedoch eine Form der Entschädigung.

اما گرگور نوعی غرامت دریافت کرد.

Am Abend wurde ihm die Wohnzimmertür geöffnet.

عصر، درِ اتاق نشیمن برایش باز شد.

Und er war der Ansicht, dass diese Wiedergutmachungszahlungen vollkommen angemessen seien.

و او احساس می‌کرد که این غرامت‌ها کاملاً کافی هستند.

Noch vor Einbruch der Dunkelheit begann er, die Tür zu beobachten.

قبل از غروب، او شروع به نگاه کردن به در کرد.

Er lag in der Dunkelheit, vom Wohnzimmer aus unsichtbar.

او در تاریکی دراز کشیده بود، طوری که از اتاق نشیمن دیده نمی‌شد.

Er konnte die ganze Familie an dem beleuchteten Tisch sehen.

او می‌توانست تمام خانواده را دور میز نورانی ببیند.

Nun durfte er ihren Gesprächen zuhören.

حالا به او اجازه داده شده بود که به مکالمات آنها گوش دهد.

Dies unterschied sich deutlich von ihrer vorherigen Vereinbarung.

این با قرار قبلی آنها کاملاً متفاوت بود.

Die lebhaften Gespräche vergangener Zeiten waren verstummt.

گفتگوهای پرشور و نشاطِ گذشته به پایان رسیده بود.

Das waren die Gespräche, nach denen er sich immer gesehnt hatte.

اینها مکالماتی بودند که او زمانی آرزویشان را داشت.

Als er allein in kleinen Hotelzimmern schlief.

وقتی که تنها در اتاق‌های کوچک هتل می‌خوابید.

Als er sich in die feuchte Bettwäsche werfen musste.

وقتی مجبور شد خودش را توی ملافه‌های نمناک پرت کند.

Die Abende verliefen nun meist ruhig und ereignislos.
اما عصرها حالا بیشتر ساکت و بی‌حادثه بودند.

Der Vater schlief nach dem Abendessen in seinem Sessel ein.
پدر بعد از شام روی صندلی راحتی‌اش خوابش برد.

Und Mutter und Schwester ermahnten einander zur Stille.
و مادر و خواهر یکدیگر را به سکوت دعوت کردند.

Die Mutter beugte sich weit über die Lampe und nähte Leinen.
مادر، که به نور خیلی تکیه داده بود، پارچه کتانی می‌دوخت.

Sie entwirft jetzt Kleider für eines der Modegeschäfte.
او الان برای یکی از فروشگاه‌های مد لباس می‌دوخت.

Wie Gregor hatte auch die Schwester eine Stelle als Verkäuferin angenommen.
خواهر، مانند گرگور، به عنوان فروشنده مشغول به کار شده بود.

Sie lernte abends Stenografie und Französisch.
او عصرها تندنویسی و فرانسه یاد می‌گرفت.

Damit sie später vielleicht eine bessere Arbeitsstelle bekommen könnte.
تا شاید بعداً بتواند موقعیت شغلی بهتری پیدا کند.

Manchmal wachte der Vater von seinem abendlichen Nickerchen auf.
گاهی پدر از چرت عصرگاهی‌اش بیدار می‌شد.

"Liebling, du nähst heute schon so lange!"
«عزیزم، امروز خیلی وقته که داری خیاطی می‌کنی»!

Er schien vergessen zu haben, dass er geschlafen hatte.
انگار یادش رفته بود که خواب بوده.

Doch er fiel sofort wieder in seinen Schlaf zurück.
اما بلافاصله دوباره به خواب عمیقی فرو رفت.

Und Mutter und Schwester lächelten einander müde an.

و مادر و خواهر با خستگی به هم لبخند زدند.

Der Vater hatte eine seltsame neue Sturheit entwickelt.

پدر دچار لجبازی عجیب و جدیدی شده بود.

Selbst zu Hause weigerte er sich, seine Dieneruniform auszuziehen.

حتی در خانه هم حاضر نبود لباس خدمتکاری‌اش را دربیاورد.

Und sein Morgenmantel hing nutzlos am Kleiderbügel.

و لباس خوابش بی‌فایده روی چوب‌لباسی آویزان بود.

So schlief der Vater, vollständig bekleidet, in seinem Sessel.

بنابراین پدر، با لباس کامل، روی صندلی راحتی‌اش خوابید.

Es war, als ob er immer bereit wäre, seinen Dienst zu leisten.

انگار همیشه آماده بود تا خدمتش را انجام دهد.

Als ob er nur auf die Stimme seines Vorgesetzten gewartet hätte.

انگار فقط منتظر صدای مافوقش بود.

Dies führte dazu, dass seine Uniform an Sauberkeit verlor.

این باعث شد که لباس فرم او تمیزی خود را از دست بدهد.

Obwohl die Uniform auch nicht neu war, als er sie bekam.

اگرچه آن یونیفرم وقتی به دستش رسید هم نو نبود.

Und die Mutter tat ihr Bestes, um die Uniform zu pflegen.

و مادر تمام تلاشش را می‌کرد تا از لباس فرم مراقبت کند.

Gregor verbrachte ganze Abende damit, diese Uniform anzusehen.

گرگور تمام عصرها را صرف تماشای این یونیفرم می‌کرد.

Er beobachtete, wie der alte Mann äußerst unbequem schlief.

او پیرمرد را تماشا می‌کرد که با ناراحتی هرچه تمام‌تر خوابیده بود.

Doch im Schlaf bemerkte er auch etwas Friedliches.

اما در خوابش متوجه چیزی آرامش‌بخش نیز شد.

Als die Uhr zehn schlug, versuchte die Mutter, ihn zu wecken.

وقتی ساعت ده نواخت، مادر سعی کرد او را بیدار کند.

Sie sprach leise und überredete ihn, ins Bett zu gehen.

او آرام صحبت کرد و او را متقاعد کرد که به رختخواب برود.

Denn auf dem Sessel zu schlafen war kein richtiger Schlaf.

چون خوابیدن روی مبل راحتی خواب واقعی نبود.

Er musste um sechs Uhr mit der Arbeit beginnen.

قرار بود ساعت شش کارش را شروع کند.

Deshalb musste er unbedingt so gut wie möglich schlafen.

بنابراین او واقعاً به بهترین خواب ممکن نیاز داشت.

Doch er war von einer neuen Form der Sturheit ergriffen.

اما او گرفتار نوع جدیدی از لجاجت شده بود.

Die Tatsache, dass er Diener geworden war, hatte begonnen, diese Wirkung auf ihn zu haben.

خدمتکار شدن کم کم این تأثیر را روی او گذاشته بود.

Deshalb bestand er immer darauf, länger am Tisch zu bleiben.

بنابراین او همیشه اصرار داشت که بیشتر سر میز بماند.

Obwohl er regelmäßig wieder in seinem Sessel einschlief.

اگرچه او مرتباً دوباره روی صندلی‌اش خوابش می‌برد.

Und er ließ sich nur mit größter Mühe bewegen.

و او را فقط با بیشترین سختی می‌شد جابجا کرد.

Man musste ihm erklären, dass das Bett besser für ihn wäre.

باید به او گفته می‌شد که تخت برایش بهتر خواهد بود.

Mutter und Schwester mussten nachdrücklich darauf bestehen, oft mit nur wenigen Vorwarnungen.

مادر و خواهر مجبور بودند با هشدارهای کوچک اصرار کنند.

Fünfzehn Minuten lang schüttelte er nur langsam den Kopf.

پانزده دقیقه فقط سرش را به آرامی تکان داد.

Und er hielt die Augen geschlossen und weigerte sich aufzustehen.

و چشمانش را بسته نگه داشت و از بلند شدن امتناع ورزید.

Die Mutter zupfte sanft, aber bestimmt an seinem Ärmel.

مادر آستین او را کشید، آرام، اما محکم.

Und sie flüsterte ihm schmeichelhafte Worte in seine müden Ohren.

و او کلمات چاپلوسی را در گوش‌های خسته‌اش زمزمه کرد.

Die Schwester unterbrach ihre Arbeit, um ihrer Mutter zu helfen.

خواهر وظیفه‌ای را که بر عهده داشت رها کرد تا به مادرش کمک کند.

Doch keiner ihrer Versuche zeigte Wirkung beim Vater.

اما هیچ یک از تلاش‌های آنها روی پدر مؤثر واقع نشد.

Er sank noch tiefer in seinen Stuhl, bereit zum Schlafen.

او بیشتر در صندلی‌اش فرو رفت و آماده‌ی خواب شد.

Und schließlich packten ihn die Frauen unter den Achseln.

و بالاخره زن‌ها زیر بغلش را گرفتند.

Er öffnete die Augen und blickte sie abwechselnd an.

چشمانش را باز کرد و به نوبت به آنها نگاه کرد.

„Was für ein Leben!", klagte er beim Zubettgehen.

او در حالی که به رختخواب می‌رفت، شکایت کرد: «این چه زندگی‌ای است»!

"Ist das der Frieden, der mir im Alter zuteilwurde?"

«آیا این همان آرامشی است که در پیری به من داده شده است؟»

Doch dann stützte er sich auf die beiden Frauen und stand unbeholfen auf.

اما بعد، در حالی که به آن دو زن تکیه داده بود، با حالتی ناشیانه از جایش بلند شد.

Er tat so, als trüge er die schwerste Last.

طوری رفتار می‌کرد که انگار سنگین‌ترین بار را به دوش می‌کشد.

Er ließ sich von den beiden Frauen bis ans andere Ende des Raumes führen.

گذاشت آن دو زن او را به انتهای اتاق هدایت کنند.

Dort wünschte er ihnen eine gute Nacht und ging dann allein weiter.

در آنجا به آنها شب بخیر گفت و به تنهایی به راهش ادامه داد.

Doch die Mutter warf hastig ihr Nähzeug hin.

اما مادر با عجله وسایل خیاطی‌اش را زمین انداخت.

Und auch die Schwester legte den Stift und den Notizblock beiseite.

و خواهر نیز خودکار و دفترچه یادداشت را زمین گذاشت.

Und sie liefen hinter dem Vater her, um ihm weiter zu helfen.

و آنها پشت سر پدر دویدند تا بیشتر به او کمک کنند.

Wer in dieser überarbeiteten Familie hatte schon Zeit für Gregor?

چه کسی در این خانواده‌ی پرمشغله برای گرگور وقت داشت؟

Wer hätte ihm mehr Aufmerksamkeit schenken können als nötig?

چه کسی می‌توانست بیش از حد لازم به او توجه کند؟

Das Haushaltsbudget wurde zunehmend eingeschränkt.

بودجه خانوار به طور فزاینده‌ای محدود شد.

Um Geld zu sparen, mussten sie schließlich das Dienstmädchen entlassen.

در نهایت، برای صرفه‌جویی در هزینه، مجبور شدند خدمتکار را اخراج کنند.

Sie wurde durch eine stämmige, weißhaarige Frau ersetzt.

او با زنی درشت اندام و سفید مو جایگزین شد.

Diese Frau kam jedoch nur morgens und abends.

اما این زن فقط صبح‌ها و عصرها می‌آمد.

Und die schwerste und härteste Arbeit wurde ihr aufgehoben.

و تمام سنگین‌ترین و سخت‌ترین کارها برای او ذخیره شد.

Alle anderen Hausarbeiten wurden von der Mutter erledigt.

تمام کارهای دیگر به عهده مادر بود.

Es kam sogar vor, dass verschiedene Familienschmuckstücke verkauft wurden.

حتی اتفاق افتاده است که جواهرات مختلف خانوادگی فروخته شده است.

Schmuck, den die Frauen bei Feierlichkeiten mit Freude getragen hatten.

جواهراتی که زنان با خوشحالی در جشن‌ها می‌پوشیدند.

Gregor erfuhr dies in einer der allgemeinen Diskussionen.

گرگور این را از یکی از بحث‌های عمومی فهمید.

Die größte Beschwerde betraf jedoch etwas anderes.

با این حال، بزرگترین شکایت چیز دیگری بود.

Die Wohnung war zu groß, aber sie konnten nicht ausziehen.

آپارتمان خیلی بزرگ بود، اما آنها نمی‌توانستند از آن نقل مکان کنند.

Es gab keine Möglichkeit, Gregor umzusiedeln.

هیچ راهی وجود نداشت که آنها بتوانند گرگور را جابجا کنند.

Gregor erkannte jedoch, dass es nicht nur um Rücksichtnahme ging.

اما گرگور متوجه شد که موضوع فقط ملاحظه و ملاحظه‌کاری نیست.

Etwas anderes hielt sie davon ab, woanders hinzuziehen.

چیز دیگری مانع از نقل مکان آنها به جای دیگری شد.

Er hätte problemlos in einer geeigneten Kiste transportiert werden können.

او به راحتی می‌توانست در یک جعبه مناسب حمل شود.

Ihre Gefühle völliger Hoffnungslosigkeit hielten sie zurück.

احساس ناامیدی کامل آنها را عقب نگه داشته بود.

Sie wollten sich nicht eingestehen, dass sie vom Unglück getroffen worden waren.

آنها نمی‌خواستند بپذیرند که بدبختی به آنها روی آورده است.

Was die Welt von armen Menschen verlangt, das haben sie erfüllt.

آنچه دنیا از فقرا انتظار دارد، آنها برآورده کردند.

Der Vater holte dem kleinen Bankangestellten das Frühstück.

پدر برای کارمند کوچک بانک صبحانه آورد.

Die Mutter opferte sich für die Wäsche von Fremden auf.

مادر خودش را فدای لباس‌های شسته‌ی غریبه‌ها کرد.

Die Schwester rannte hin und her, um die Bestellungen der Kunden aufzunehmen.

خواهر برای گرفتن سفارش‌های مشتریان این‌طرف و آن‌طرف می‌دوید.

Aber sie hatten einfach nicht mehr die Kraft, irgendetwas weiter zu tun.

اما آنها دیگر قدرت انجام هیچ کاری را نداشتند.

Die Wunde in Gregors Rücken schmerzte nun noch mehr.

زخم پشت گرگور دردش بیشتر شد.

Jeden Abend brachten Mutter und Schwester den Vater ins Bett.

هر شب مادر و خواهر، پدر را به رختخواب می‌آوردند.

Sie ließen ihre Arbeit liegen und setzten sich zusammen.

آنها کارشان را همانجا رها کردند و کنار هم نشستند.

Und sie rückten näher zusammen und saßen Wange an Wange.

و آنها به هم نزدیک‌تر شدند و گونه به گونه نشستند.

Die Mutter zeigte auf das Zimmer, von dem aus er zusah.

مادر به اتاقی که از آنجا نگاه می‌کرد اشاره کرد.

"Würdest du die Tür schließen?", fragte sie die Schwester.

از خواهر پرسید: «ممکن است در را ببندی؟»

Und dann war Gregor wieder allein in der Dunkelheit.

و سپس گرگور دوباره در تاریکی تنها ماند.

Und im Nebenzimmer vermischten die Frauen ihre Tränen.

و در اتاق کناری، زن اشک‌هایشان را در هم آمیخت.

Oder sie saßen mit trockenen Augen da und starrten einfach nur auf den Tisch.

یا اینکه با چشمانی خشک، صرفاً به میز خیره شده بودند.

Gregor schlief kaum, weder nachts noch tagsüber.

گرگور تقریباً هیچوقت نمی‌خوابید، نه شب و نه روز.

Er dachte oft darüber nach, wie er der Familie helfen könnte.

او اغلب به این فکر می‌کرد که چگونه می‌تواند به خانواده کمک کند.

Er dachte darüber nach, das Geld wieder für sie zu verdienen.

او به این فکر کرد که دوباره برای آنها پول دربیاورد.

Er dachte darüber nach, das zu tun, was er früher für sie getan hatte.

او به این فکر کرد که کاری را که قبلاً برای آنها انجام می‌داد، انجام دهد.

In seinen Gedanken erschien der Bevollmächtigte wieder.

در افکارش، نماینده‌ی مجاز برگشت.

Und dieses Mal kam auch der Chef in die Wohnung.

و این بار رئیس هم به آپارتمان آمد.

Und die Angestellten und die Lehrlinge waren auch da.

و منشی‌ها و شاگردها هم آنجا بودند.

Sogar der etwas begriffsstutzige Büroangestellte kam, um ihn zu sehen.

حتی خدمتکار کند ذهن اداره هم به دیدنش آمد.

Es waren zwei oder drei Freunde aus anderen Branchen dabei.

دو سه تا از دوستام از کسب و کارهای دیگه هم بودن.

Eine der Zimmermädchen aus einem Hotel in der Provinz.

یکی از خدمتکاران هتلی در شهرستان‌ها.

Eine kostbare und flüchtige Erinnerung, an der er festzuhalten versuchte.

خاطره‌ای عزیز و زودگذر که سعی می‌کرد به آن بچسبد.

Eine Kassiererin aus einem Hutgeschäft, für die er Absichten hatte.

صندوقدار یک مغازه کلاه فروشی که برایش نیت خیر داشت.

Doch er war etwas zu langsam gewesen, um ihre Zustimmung zu gewinnen.

اما او کمی کند عمل کرده بود و نتوانسته بود رضایت او را جلب کند.

Sie alle tauchten in seinen Gedanken auf, vermischt mit Fremden.

همه آنها در افکارش ظاهر شدند، در حالی که با غریبه‌ها قاطی شده بودند.

Und andere erschienen nicht; sie waren bereits vergessen.

و دیگران ظاهر نشدند؛ آنها از قبل فراموش شده بودند.

Aber sie halfen weder ihm noch seiner Familie.

اما آنها نه به او کمکی کردند و نه به خانواده.

Sie waren unzugänglich, und er war froh, als sie weg waren.

آنها غیرقابل دسترس بودند، و او از رفتنشان خوشحال شد.

Er war nicht immer in der Stimmung, sich Sorgen um die Familie zu machen.

او همیشه حال و حوصله نگران بودن برای خانواده را نداشت.

Und er war voller Wut über die mangelnde Aufmerksamkeit.

و او از بی‌توجهی، لبریز از خشم شد.

Und er konnte sich nichts vorstellen, worauf er Appetit hätte.

و او نمی‌توانست چیزی را که اشتهایش را داشت، تصور کند.

Doch er schmiedete trotzdem Pläne, in die Speisekammer einzubrechen.

اما او همچنان نقشه‌هایی برای ورود غیرقانونی به انباری می‌کشید.

Und er würde sich alles nehmen, was ihm zustand.

و او قرار بود هر آنچه را که سزاوارش بود، بگیرد.

Die Schwester bemühte sich nicht mehr besonders um ihn.

خواهر دیگر هیچ تلاش خاصی برای او نکرد.

Sie verschwendete keine Zeit mehr damit, darüber nachzudenken, wie sie ihm gefallen könnte.

او دیگر وقتش را صرف فکر کردن به خشنود کردن او نمی‌کرد.

Vor der Arbeit schob sie schnell etwas zu essen ins Zimmer.

قبل از کار، او به سرعت مقداری غذا را به داخل اتاق هل داد.

Und am Abend kehrte sie die Essensreste schnell wieder zusammen.

و عصر دوباره سریع غذا را جارو کرد.

Ob er gegessen hatte oder nicht, bemerkte sie nicht mehr.

دیگر متوجه نشد که آیا او چیزی خورده بود یا نه.

In den meisten Fällen blieb das Essen nun unberührt.

حالا اغلب اوقات غذا دست نخورده باقی می‌ماند.

Abends huschte sie immer noch schnell durch den Raum.

او هنوز هم عصرها به سرعت در اتاق قدم می‌زد.

Doch nun tat sie nur das Nötigste, und zwar so schnell wie möglich.

اما حالا او حداقل کار ممکن را، با حداکثر سرعت ممکن انجام داد.

An den Mauern zogen sich Spuren von Schmutz entlang.

رگه‌هایی از خاک روی دیوارها باقی مانده بود.

Auf dem Boden lagen Staub- und Müllklumpen.

گلوله‌هایی از خاک و زباله روی زمین پخش شده بود.

Gregor missbilligte ihre Nachlässigkeit.

گرگور نارضایتی خود را از بی‌توجهی او نشان داد.

Er drehte sich in einem besonders markanten Winkel.

او خودش را با زاویه خاصی چرخاند.

Aber er hätte wochenlang in dieser Position bleiben können.

اما او می‌توانست هفته‌ها در این موقعیت بماند.

Seine Schwester hätte seine Unzufriedenheit nicht bemerkt.

خواهرش متوجه نارضایتی او نمی‌شد.

Sie sah den Dreck genauso gut wie er, wenn nicht sogar besser.

او هم به خوبی او، اگر نگوییم بهتر، خاک را می‌دید.

Aber sie hatte beschlossen, den Dreck dort zu lassen, wo er war.

اما او تصمیم گرفته بود خاک را همانجا که بود، بگذارد.

Damals entwickelte sie eine völlig neue Sensibilität.

در آن زمان او حساسیت کاملاً جدیدی را اتخاذ کرد.

Sie hatte es sich zur Aufgabe gemacht, Gregors Zimmer zu reinigen.

او تمیز کردن اتاق گرگور را به عنوان مسئولیت خود پذیرفته بود.

Die Familie war von ihrer freundlichen Rücksichtnahme sehr berührt.

خانواده تحت تأثیر مهربانی و توجه او قرار گرفتند.

Einst hatte die Mutter sein Zimmer gründlich gereinigt.

یک بار، مادر اتاقش را حسابی تمیز کرده بود.

Erst nachdem sie mehrere Eimer Wasser verbraucht hatte, gelang es ihr.

تنها پس از استفاده از چند سطل آب، او موفق شد.

Die neu aufgetretene Feuchtigkeit im Zimmer schadete Gregor jedoch.

با این حال، رطوبت جدید اتاق به گرگور آسیب رساند.

Und er lag breitbeinig, verbittert und regungslos auf dem Sofa.

و او با حالتی گرفته، تلخ و بی‌حرکت روی مبل دراز کشیده بود.

Doch das war nur ihre erste Strafe für ihre Hilfeleistung.

اما این تنها اولین مجازات او برای کمک کردن بود.

Die Schwester bemerkte schnell die Veränderung in Gregors Zimmer.

خواهر به سرعت متوجه تغییر در اتاق گرگور شد.

Und sie rannte, zutiefst beleidigt, ins Wohnzimmer.

و او در حالی که به شدت مورد توهین قرار گرفته بود، به سمت اتاق نشیمن دوید.

Ihre Mutter hob die Hände und versuchte, sie zu beschwören.

مادرش دستانش را بالا برد و سعی کرد از او التماس کند.

Doch trotz einer aufrichtigen Erklärung brach sie in Tränen aus.

اما با وجود توضیح صادقانه، او زد زیر گریه.

Der Vater erschrak natürlich und fuhr aus seinem Stuhl hoch.

پدر مسلماً از روی صندلی‌اش بلند شد.

Und die beiden Eltern schauten fassungslos und hilflos zu.

و دو پدر و مادر، مبهوت و درمانده، نگاه می‌کردند.

Und schließlich gerieten auch ihre Gefühle in Aufruhr.

و در نهایت احساسات آنها نیز برانگیخته شد.

Der Vater warf der Mutter vor, was sie getan hatte.

پدر، مادر را به خاطر کاری که کرده بود سرزنش کرد.

"Du hättest das Zimmer Grete zum Putzen überlassen sollen."

»باید اتاق را برای تمیز کردن به گرت می‌دادی«.

Grete schrie die Mutter an, weil sie sein Zimmer aufgeräumt hatte.

گرت به خاطر تمیز کردن اتاقش سر مادر فریاد زد.

„Du darfst sein Zimmer nie wieder putzen!“

»دیگه هیچ‌وقت اجازه نداری اتاقش رو تمیز کنی«!

Die Mutter versuchte, den Vater ins Schlafzimmer zu zerren.

مادر سعی کرد پدر را به اتاق خواب بکشد.

Die Schwester blieb zitternd und schluchzend im Zimmer zurück.

خواهر در اتاق رها شده بود، در حالی که می‌لرزید و هق‌هق می‌کرد.

Und sie hämmerte mit ihren kleinen Fäustchen auf den Tisch.

و با مشت‌های کوچکش روی میز کوبید.

Und Gregor zischte sie alle lautstark vor Wut an.

و گرگور با خشم و عصبانیت به همه آنها با صدای بلند هیس کشید.

Warum war niemand auf die Idee gekommen, ihm die Tür zu schließen?

چرا هیچ‌کس به فکر بستن در به روی او نیفتاده بود؟

Sie hätten ihm diesen Anblick und Lärm ersparen können.

آنها می‌توانستند او را از این منظره و سر و صدا نجات دهند.

Die Schwester war erschöpft, als sie von der Arbeit nach Hause kam.

خواهر بعد از برگشتن از سر کار، خیلی خسته بود.

Und die Betreuung von Gregor bedeutete für sie noch mehr Arbeit.

و مراقبت از گرگور برای او حتی کار بیشتری بود.

Das bedeutete aber nicht, dass die Mutter es hätte tun sollen.

اما این به آن معنا نبود که مادر باید این کار را انجام می‌داد.

Gregor hingegen sollte nicht vernachlässigt werden.

از طرف دیگر، گرگور را نباید نادیده گرفت.

Aber jetzt hatten sie ein neues Dienstmädchen, das solche Dinge tun konnte.

اما حالا آنها یک خدمتکار جدید داشتند که می‌توانست چنین کارهایی را انجام دهد.

Eine ältere Witwe mit kräftigem Knochenbau.

بیوه ای مسن که استخوان بندی محکمی داشت.

Eine Statur, die ihr half, ihr schwieriges Leben zu überstehen.

قامتی که به او کمک کرد تا از زندگی دشوارش جان سالم به در ببرد.

Sie hatte keine wirkliche Abneigung gegen Gregors Erscheinung.

او هیچ نفرت واقعی نسبت به ظاهر گرگور نداشت.

Sie hatte versehentlich die Tür zu Gregors Zimmer geöffnet.

او تصادفاً در اتاق گرگور را باز کرده بود.

Es geschah nicht aus besonderer Neugierde bezüglich des Zimmers.

این از روی کنجکاوی خاصی در مورد اتاق نبود.

Sie tat lediglich ihre Arbeit und öffnete dabei zufällig die Tür.

او فقط داشت کارش را انجام می‌داد و اتفاقاً در را باز کرد.

Gregor war natürlich völlig überrascht von ihr.

البته گرگور کاملاً از او شگفت‌زده شد.

Er wurde nicht verfolgt, aber er rannte hin und her.

او تحت تعقیب نبود، اما مدام به این سو و آن سو می‌دوید.

Und sie verschränkte einfach die Arme und sah ihm beim Krabbeln zu.

و او فقط دست‌هایش را در هم گره کرد و خزیدن او را تماشا کرد.

Seitdem hat sie ihm immer einen Spaltbreit die Tür geöffnet.

از آن زمان، او همیشه کمی در را برایش باز می‌کرد.

Eines Morgens schaute sie nach ihm, um zu sehen, wie es ihm ging.

یک بار صبح به خانه سر زد تا ببیند حالش چطور است.

Und am Abend sah sie nach ihm, bevor sie ging.

و عصر، قبل از رفتن، به او سر زد.

Zuerst versuchte sie auch, ihn zu sich zu rufen.

در ابتدا او همچنین سعی کرد او را صدا کند تا پیش او بیاید.

„Komm her, du alter Mistkäfer!“, pflegte sie zu sagen.

او همیشه می‌گفت: «بیا اینجا، سوسک سرگین‌غلتان پیر»!

Oder sie sagte freundlich: „Schau dir den alten Mistkäfer an!“

یا اینکه با لحنی دوستانه گفت: «به این سوسک سرگین‌غلتان پیر نگاه کن»!

Gregor reagierte nie darauf, wenn man so mit ihm sprach.

گرگور هیچ‌وقت به این طرز حرف زدن واکنش نشان نداد.

Er blieb stehen, ohne sich zu rühren, und ignorierte sie.

او همانجا ماند، بدون اینکه تکان بخورد، و او را نادیده گرفت.

„Wenn man ihr doch nur gesagt hätte, wie man ihre Arbeit richtig macht.“

«کاش به او گفته می‌شد که چگونه کارش را به درستی انجام دهد».

„Anstatt mich zu belästigen, sollte sie lieber mein Zimmer aufräumen.“

«به جای اینکه مزاحم من شود، باید اتاقم را تمیز کند».

Eines Morgens prasselte ein heftiger Regenguss gegen die Fenster.

یک بار صبح زود، باران شدیدی به شیشه‌ها خورد.

Vielleicht war der Regen bereits ein Zeichen für den kommenden Frühling.

شاید باران از قبل نشانه‌ی بهارِ پیش رو بود.

Das Dienstmädchen begann wieder auf diese Weise mit ihm zu sprechen.

خدمتکار دوباره شروع کرد به همان شیوه با او صحبت کند.

Gregor war so verbittert, dass er sich umdrehte und ihr ins Gesicht sah.

گرگور چنان تلخکام شد که رو به او کرد.

Er war langsam und gebrechlich, aber es war eine Art Angriff.

او کند و ناتوان بود، اما این نوعی حمله بود.

Das Dienstmädchen hingegen hatte überhaupt keine Angst vor Gregor.

با این حال، خدمتکار اصلاً از گرگور نمی‌ترسید.

Stattdessen hob sie einen Stuhl hoch, der in der Nähe der Tür stand.

در عوض، صندلی‌ای را که نزدیک در بود، بلند کرد.

Und sie stand da, ganz ruhig, mit weit geöffnetem Mund.

و او آنجا ایستاده بود، آرام، با دهانی کاملاً باز.

Ihre Absichten waren klar, das konnte sogar Gregor erkennen.

نیت او واضح بود، حتی گرگور هم می‌توانست این را ببیند.

Und er drehte sich langsam um und kehrte zu seinem ursprünglichen Platz zurück.

و او به آرامی به موقعیت اولیه‌اش برگشت.

"Sie wollen also nicht näher kommen, oder?"

»پس دیگه نمی‌خوای نزدیک‌تر بیای، نه؟»

Und sie stellte den Stuhl leise wieder in die Ecke.

و او آرام صندلی را به گوشه برگرداند.

Gregor aß kaum noch etwas.

گرگور دیگر تقریباً هیچ چیزی نمی‌خورد.

Manchmal blieb er bei seinen Rundgängen im Zimmer stehen.

گاهی، هنگام قدم زدن در اتاق، می‌ایستاد.

Und er befand sich neben dem für ihn zubereiteten Essen.

و خود را در کنار غذایی که برایش آماده شده بود، یافت.

Er steckte sich das Essen in den Mund, aber nur, um damit zu spielen.

او غذا را در دهانش گذاشت، اما فقط برای بازی کردن با آن.

Und nicht selten spuckte er es nach ein paar Stunden wieder aus.

و اغلب بعد از چند ساعت دوباره آن را تف می‌کرد.

Er versuchte, einen Grund für seinen Appetitverlust zu finden.

سعی کرد دلیلی برای بی‌اشتهایی‌اش پیدا کند.

Vielleicht, weil er mit dem Zustand seines Zimmers unzufrieden war.

شاید به این دلیل که از وضعیت اتاقش ناراحت بود.

Aber er hatte sich mit den Veränderungen im Raum abgefunden.

اما او با تغییرات اتاق کنار آمده بود.

In letzter Zeit hatte sich sein Zimmer in eine Art Abstellraum verwandelt.

اخیراً اتاقش تبدیل به نوعی انباری شده بود.

Sie hatten sich angewöhnt, Dinge dort liegen zu lassen.

آنها عادت کرده بودند که چیزها را آنجا بگذارند.

Und nun lagen noch viele solcher Dinge in seinem Zimmer.

و حالا چیزهای زیادی از این دست در اتاقش باقی مانده بود.

Weil ein Zimmer der Wohnung vermietet worden war.

چون یک اتاق از آپارتمان اجاره داده شده بود.

Drei ernsthafte Herren mieteten das Zimmer gemeinsam.

سه آقای محترم و جدی با هم آن اتاق را اجاره کرده بودند.

Gregor hat sie einmal durch einen Türspalt erblickt.

گرگور یک بار از لای در متوجه آنها شد.

Sie trugen Vollbärte und waren penibel gekleidet.

آنها ریش‌های بلندی داشتند و لباس‌هایشان کاملاً مرتب بود.

Sie achteten penibel darauf, dass alles ordentlich blieb.

آنها در مرتب نگه داشتن همه چیز وسواس داشتند.

Ihr Hang zur Ordnung beschränkte sich nicht nur auf ihr Zimmer.

اصرار آنها بر مرتب بودن به اتاقشان ختم نشد.

Die gesamte Wohnung musste tadellos sauber gehalten werden.

کل آپارتمان باید کاملاً تمیز نگه داشته می‌شد.

Sie legten sogar noch mehr Wert auf das Aussehen der Küche.

آنها حتی بیشتر در مورد ظاهر آشپزخانه ایرادگیر بودند.

Und unnötigen Unrat konnten sie nicht dulden.

و آنها نمی‌توانستند هیچ بی‌نظمی و شلوغی غیرضروری را تحمل کنند.

Sie hatten auch ihre eigenen Möbel mitgebracht.

آنها اثاثیه خودشان را هم آورده بودند.

Aus diesem Grund waren viele Dinge überflüssig geworden.

به همین دلیل، خیلی چیزها غیرضروری شده بودند.

Das waren Dinge, für die niemand Geld bezahlen würde.

چیزهایی بودند که هیچ‌کس حاضر نبود برایشان پولی بپردازد.

Die Familie wollte diese Dinge aber auch nicht wegwerfen.

اما خانواده هم نمی‌خواستند این چیزها را دور بریزند.

All diese Dinge landeten irgendwo in Gregors Zimmer.

همه این چیزها جایی به اتاق گرگور راه پیدا کردند.

Der Aschenbecher aus der Küche stand nun in seinem Zimmer.

جعبه خاکستر آشپزخانه حالا در اتاقش نگهداری می‌شد.

Und der Müll wurde bis zum Abholtag in seinem Zimmer aufbewahrt.

و زباله‌ها تا روز زباله در اتاقش نگهداری می‌شدند.

Das Dienstmädchen warf alles, was sie nicht brauchte, in sein Zimmer.

خدمتکار هر چیزی را که لازم نداشت به داخل اتاق او پرت کرد.

Zum Glück sah er nichts weiter als die Hand und den Gegenstand.

خوشبختانه او چیزی بیش از دست و شیء ندید.

Sie hatte wahrscheinlich vor, die Sachen später abzuholen.

احتمالاً منظورش این بود که بعداً برای برداشتن وسایل برگردد.

Oder vielleicht wollte sie einfach alles auf einmal wegwerfen.

یا شاید دلش می‌خواست همه چیز را یکجا دور بریزد.

Doch alles blieb dort, wo es ursprünglich gelandet war.

با این حال، همه چیز در همان جایی که برای اولین بار فرود آمده بود، باقی ماند.

Es sei denn, Gregor bewegte den Schrott, indem er sich hindurchzwängte.

مگر اینکه گرگور با لولیدن از میان آشغال‌ها، آنها را جابجا کرده باشد.

Zuerst musste er sich durch den ganzen Schrott hindurchkriechen.

اولش مجبور شد سینه خیز از میان همه خرت و پرت ها عبور کند.

Es gab für ihn keine Möglichkeit, dies zu vermeiden.

هیچ امکانی برای اجتناب از این کار برایش وجود نداشت.

Später fand er jedoch tatsächlich Freude an dieser Tätigkeit.

اما بعداً او واقعاً از این فعالیت لذت برد.

Diese Anstrengung hinterließ ihn jedoch traurig und zutiefst erschöpft.

اگرچه چنین تلاشی او را غمگین و عمیقاً خسته کرد.

Und danach war er viele Stunden lang bewegungsunfähig.

و بعد از آن او برای ساعت‌های زیادی قادر به حرکت نبود.

Die Untermieter aßen manchmal im Wohnzimmer.

گاهی اوقات مستاجران غذای خود را در اتاق نشیمن می‌خوردند.

Die Wohnzimmertür blieb an diesen Abenden geschlossen.

درِ اتاق نشیمن آن شب‌ها بسته می‌ماند.

Gregor hatte aber keine Schwierigkeiten, die Tür jetzt nicht zu öffnen.

اما گرگور حالا دیگر مشکلی نداشت که در را باز نکند.

Selbst wenn die Tür offen war, schaute er nicht immer hinaus.

حتی وقتی در باز بود، همیشه بیرون را نگاه نمی‌کرد.

Doch er legte sich in die dunkelste Ecke des Zimmers.

اما او خودش را در تاریک‌ترین گوشه اتاق دراز کشید.

Auch der Familie fiel seine mangelnde Aufmerksamkeit nicht auf.

خانواده هم متوجه کم توجهی او نشدند.

Doch einmal ließ das Dienstmädchen die Tür offen.

اما یک بار خدمتکار در را باز گذاشت.

Die Tür blieb auch dann offen, als die Mieter zurückkehrten.

حتی وقتی مستاجرها برگشتند، در باز ماند.

Und die Tür war offen, als das Licht eingeschaltet wurde.

و وقتی چراغ روشن شد، در باز بود.

Der Mann saß an dem Tisch, an dem die Familie zu Abend aß.

مرد پشت میزی که خانواده روی آن شام می‌خوردند، نشست.

Vater, Mutter und Gregor saßen dort in früheren Zeiten.

پدر، مادر و گرگور در گذشته‌های دور آنجا نشسته بودند.

Sie entfalteten die Servietten und nahmen Messer und
Gabeln.

آنها دستمال سفره‌ها را باز کردند و چاقوها و چنگال‌ها را برداشتند.

Die Mutter erschien mit einer Schüssel Fleisch in der Tür.

مادر با یک کاسه گوشت در چارچوب در ظاهر شد.

Dann kam die Schwester mit einer Schüssel voller
Kartoffeln herein.

سپس خواهر با یک کاسه پر از سیب زمینی وارد شد.

Die Untermieter beugten sich über die vor ihnen
aufgestellten Schüsseln.

مستاجران روی کاسه‌هایی که جلویشان گذاشته شده بود خم شدند.

Der dichte Rauch des Essens stieg ihnen bis in die Nasen.

دود غلیظ غذا تا دماغشان بالا رفته بود.

Aber sie hatten noch nicht entschieden, ob sie das Essen
essen würden.

اما آنها هنوز تصمیم نگرفته بودند که آیا غذا را بخورند یا نه.

Vielleicht würden sie das Essen zurück in die Küche
schicken.

شاید غذا را به آشپزخانه برمی‌گرداندند.

Der Mann in der Mitte schien die Autoritätsperson zu sein.

مردی که در وسط نشسته بود، به نظر می‌رسید صاحب اختیار باشد.

Er schnitt das Fleisch an, um festzustellen, ob es zart genug
war.

او گوشت را برش داد تا ببیند آیا به اندازه کافی نرم شده است یا خیر.

Er war zufrieden mit dem Geruch und Aussehen des Essens.

او از بو و ظاهر غذا راضی بود.

Die Mutter und die Schwester hatten sie ängstlich
beobachtet.

مادر و خواهر با نگرانی آنها را تماشا می‌کردند.

Und sie begannen zu lächeln, begleitet von einem Seufzer
der aufgestauten Erleichterung.

و آنها با آهی از سر آسودگی خاطر شروع به لبخند زدن کردند.

Die Familie selbst wollte in der Küche essen.

قرار بود خود خانواده در آشپزخانه غذا بخورند.

Doch zuerst ging der Vater nach den Untermietern sehen.

اما اول پدر رفت تا از حال مستاجران باخبر شود.

Er verbeugte sich einmal und hielt dabei seine Arbeitsmütze
in der Hand.

او یک بار تعظیم کرد و کلاه کارش را در دست گرفت.

Und er ging einmal im Kreis um den Tisch herum, zu jedem
Gast.

و او دایره‌ای دور میز، به سمت هر مهمان، راه رفت.

Die Untermieter standen alle auf und murmelten in ihre
Bärte.

همه مستاجران بلند شدند و زیر لب غرغر کردند.

Nachdem er gegangen war, aßen sie in fast völliger Stille.

بعد از رفتن او، آنها تقریباً در سکوت کامل غذا خوردند.

Gregor fand es seltsam, dass er Kaugeräusche hörte.

برای گرگور عجیب به نظر می‌رسید که می‌توانست صدای جویدن را
بشنود.

Kein anderer Aspekt des Essens schien Geräusche zu
verursachen.

هیچ جنبه‌ی دیگری از غذا خوردن به نظر بی‌معنی می‌آمد.

Aber er konnte deutlich hören, wie Zähne aufeinander
knirschten.

اما او به وضوح صدای ساییدن دندان‌ها به هم را می‌شنید.

Sie schienen ihm sagen zu wollen, dass er Zähne zum Essen
brauche.

انگار داشتند به او می‌گفتند که برای غذا خوردن به دندان نیاز دارد.

"Ohne Zähne im Kiefer kann man gar nichts machen."

»اگر فک‌هایت بی‌دندان باشند، هیچ کاری نمی‌توانی بکنی«.

„Ich möchte etwas essen“, sagte Gregor ängstlich.

گرگور با نگرانی گفت: «دلم می‌خواهد چیزی بخورم».

„Aber ich habe keinen Appetit auf das, was ihr alle esst.“

»اما من هیچ اشتهایی به چیزهایی که شما می‌خورید ندارم«.

„Seht euch an, wie diese Mieter essen, und ich verhungere hier.“

»ببین این مستاجرها دارن غذا می‌خورن، من از اینجام که دارم که از گرسنگی می‌میرم«.

Gregor dachte an diesem Abend zufällig an die Geige.

گرگور آن شب اتفاقاً به ویولن فکر کرد.

Er hatte die Geige seit der Verwandlung nicht mehr gehört.

از زمان دگرگونی، صدای ویولن را نشنیده بود.

Doch dann, an diesem Abend, ertönte ein Geräusch aus der Küche.

اما امشب، صدایی از آشپزخانه آمد.

Die Herren hatten ihr Abendessen bereits beendet.

آقایان قبلاً شام خود را تمام کرده بودند.

Der mittlere Herr hatte begonnen, eine Zeitung zu lesen.

آقای وسطی شروع به خواندن روزنامه کرده بود.

Den beiden anderen Herren hatte er jeweils ein Blatt gegeben.

به دو آقای دیگر هر کدام یک ورق داده بود.

Und nun lehnten sie sich zurück, lasen und rauchten.

و حالا آنها به پشتی تکیه داده بودند و مطالعه می‌کردند و سیگار می‌کشیدند.

Als die Geige zu spielen begann, wurden sie aufmerksam.

وقتی ویولن شروع به نواختن کرد، آنها توجهشان جلب شد.

Sie standen auf und gingen auf Zehenspitzen zur Tür des Vorzimmers.

آنها بلند شدند و روی نوک پا به سمت درِ اتاق انتظار رفتند.

Hier standen sie eng beieinander und lauschten an der Tür.

آنها اینجا کنار هم ایستاده بودند و به در گوش می‌دادند.

Die Familie muss die Männer aus der Küche gehört haben.

خانواده حتماً صدای مردها را از آشپزخانه شنیده بودند.

Denn der Vater rief sie und fragte sie:

زیرا پدر آنها را صدا زد و از آنها پرسید؛

"Ist die Geige für die Herren vielleicht unbequem?"

»شاید ویولن برای آقایان ناراحت کننده نباشد؟«

„Wenn Ihnen die Musik nicht gefällt, können wir sofort aufhören.“

»اگر از موسیقی خوشت نیامد، می‌توانیم فوراً آن را متوقف کنیم«.

„Im Gegenteil“, sagte der mittlere der beiden Herren.

وسطی آقایان گفت: »برعکس.«

Möchte die junge Dame in unserem Zimmer Geige spielen?

»آیا خانم جوان مایل است در اتاق ما ویولن بنوازد؟«

„Hier ist es definitiv viel komfortabler und gemütlicher.“

»اینجا قطعاً خیلی راحت‌تر و دنج‌تره«.

Der Vater antwortete, als wäre er selbst der Geiger.

پدر طوری جواب داد که انگار خودش نوازنده‌ی ویولن است.

"Oh bitte, das wäre wunderbar", rief der Vater.

پدر فریاد زد: »خواهش می‌کنم، خیلی عالی می‌شود«.

Die Herren kehrten ins Wohnzimmer zurück und warteten.

آقایان به اتاق نشیمن برگشتند و منتظر ماندند.

Bald darauf kam der Vater mit dem Notenständer ins Zimmer.

خیلی زود پدر با پایه نت موسیقی وارد اتاق شد.

Die Mutter kam mit dem Notenbuch ins Zimmer.

مادر با کتاب موسیقی وارد اتاق شد.

Und die Schwester kam mit der Geige ins Zimmer.

و خواهر با ویولن وارد اتاق شد.

Sie bereitete in aller Ruhe alles vor, um Geige zu spielen.

او با آرامش همه چیز را برای نواختن ویولن آماده کرد.

Die Eltern übertrieben ihre Höflichkeit und ihr Benehmen.

والدین در ادب و رفتار خود اغراق می‌کردند.

Sie hatten zuvor noch nie Zimmer an Untermieter vermietet.

آنها قبلاً هرگز به مسافران اتاق اجاره نداده بودند.

Und sie trauten sich nicht einmal, auf ihren eigenen Stühlen zu sitzen.

و حتی جرات نداشتند روی صندلی خودشان بنشینند.

Statt sich hinzusetzen, lehnte sich der Vater gegen die Tür.

پدر به جای نشستن، به در تکیه داده بود.

Seine rechte Hand befand sich zwischen zwei Knöpfen seines Mantels.

دست راستش بین دو دکمه‌ی کتش بود.

Der Mutter wurde jedoch von einem Herrn ein Stuhl angeboten.

با این حال، یک آقا به مادر صندلی تعارف کرد.

Aber sie setzte sich an die Stelle, wo der Herr den Stuhl hingestellt hatte.

اما او جایی که آقا صندلی را گذاشته بود، نشست.

Und er hatte den Stuhl nicht an einem bestimmten Ort aufgestellt.

و او صندلی را جای خاصی قرار نداده بود.

So saß die Mutter abseits von allen anderen in einer Ecke.

بنابراین مادر جدا از همه، در گوشه‌ای نشست.

Und schließlich begann die Schwester Geige zu spielen.

و بالاخره خواهر شروع به نواختن ویولن کرد.

Die Eltern auf den gegenüberliegenden Seiten beobachteten das Geschehen aufmerksam.

والدین، در دو طرف، توجه زیادی نشان دادند.

Und sie beobachteten jede Bewegung ihrer Hand genau.

و آنها با دقت هر حرکت دست او را زیر نظر داشتند.

Gregor war auch vom Geigenspiel fasziniert.

گرگور همچنین جذب نواختن ویولن شد.

Und er wagte sich ein Stück weiter aus seinem Zimmer hinaus.

و کمی جلوتر از اتاقش بیرون رفت.

Er hatte den Kopf schon im Wohnzimmer.

او از قبل سرش را داخل اتاق نشیمن برده بود.

Er war stets sehr stolz darauf, besonders rücksichtsvoll zu sein.

او قبلاً به خاطر اینکه بسیار باملاحظه بود، به خود می‌بالید.

Doch in letzter Zeit hinterfragte er seine Nachlässigkeit kaum noch.

اما اخیراً او به سختی بی‌توجهی خود را زیر سوال برد.

Auch wenn er jetzt mehr Grund hatte, sich zu verstecken als zuvor.

با اینکه حالا دلایل بیشتری برای پنهان شدن نسبت به قبل داشت.

Weil sein Zimmer mit Staub und allerlei Schmutz bedeckt war.

زیرا اتاقش پوشیده از گرد و غبار و کثیفی‌های مختلف بود.

Die geringste Bewegung wirbelte allerlei Schmutz auf.

کوچکترین حرکتی انواع و اقسام کثافت را به هوا بلند می‌کرد.

Der ganze Dreck klebte an ihm: Staub, Haare, Essensreste.

تمام این کثیفی‌ها به او چسبیده بودند؛ گرد و غبار، مو، بقایای غذا.

Er hätte den Schmutz am Teppich abreiben können.

می‌توانست خاک را از روی فرش پاک کند.

Das tat er mehrmals täglich.

این کاری بود که او روزانه چندین بار انجام می‌داد.

Doch seine Gleichgültigkeit gegenüber allem war viel zu groß.

اما بی‌تفاوتی او نسبت به همه چیز بیش از حد زیاد بود.

Deshalb hatte er keine Angst, noch ein Stück weiterzugehen.

بنابراین او از اینکه کمی بیشتر به جلو حرکت کند، نترسید.

Und er betrat den makellosen Wohnzimmerboden.

و به سمت کفِ بی‌عیب و نقصِ اتاق نشیمن حرکت کرد.

Doch niemand bemerkte ihn oder schenkte ihm Beachtung.

با این حال، هیچ کس متوجه او نشد و به او توجهی نکرد.

Die Familie war völlig in das Konzert vertieft.

خانواده کاملاً مجذوب کنسرت شده بودند.

Die Herren hingegen zogen sich zunächst zurück.

از طرف دیگر، آقایان در ابتدا عقب‌نشینی کردند.

Und sie standen dicht hinter dem Notenständer der Schwester.

و آنها درست پشت پایه موسیقی خواهر ایستادند.

Wenn sie hingesehen hätten, hätten sie die Noten sehen können.

اگر نگاه می‌کردند، می‌توانستند نت‌های موسیقی را ببینند.

Dies hätte die Schwester natürlich beunruhigt.

البته این موضوع خواهر را ناراحت می‌کرد.

Dann blieben sie am Fenster stehen, anstatt sich hinzusetzen.

سپس آنها به جای نشستن، کنار پنجره ایستادند.

Mit den Händen in den Taschen redeten sie weiter.

دست در جیب، همچنان مشغول صحبت بودند.

Sie blieben dort, während der Vater ängstlich zusah.

آنها آنجا ماندند در حالی که پدر با نگرانی تماشا می‌کرد.

Man hatte den Eindruck, dass sie andere Erwartungen hatten.

آدم این برداشت را داشت که آنها انتظارات دیگری دارند.

Und es schien wirklich so, als wären sie enttäuscht gewesen.

و واقعاً به نظر می‌رسید که آنها ناامید شده بودند.

Es schien, als hätten sie genug von der Vorstellung.

به نظر می‌رسید که از اجرا به اندازه کافی لذت برده بودند.

Sie hatten zugelassen, dass die Geige ihren Frieden störte.

آنها اجازه داده بودند که ویولن آرامششان را به هم بزند.

Und sie tolerierten die Musik nur aus Höflichkeit.

و آنها فقط از روی ادب موسیقی را تحمل می‌کردند.

Besonders beunruhigend war, wie sie den Rauch wegbliesen.

نحوه‌ی بیرون دادن دود به طور ویژه‌ای نگران‌کننده بود.

Und dennoch spielte sie so wunderschön Geige.

و با این حال او داشت ویولن را به زیبایی می‌نواخت.

Ihr Gesicht war leicht zur Seite geneigt, auf der Geige.

صورتش به آرامی به یک طرف خم شده بود، روی ویولن.

Ihr Blick wanderte traurig die Notenlinien entlang.

چشمانش با غم و اندوه در امتداد خطوط موسیقی جستجو می‌کردند.

Gregor fühlte sich ein wenig mehr ins Wohnzimmer hineingezogen.

گرگور احساس کرد که کمی بیشتر به سمت اتاق نشیمن کشیده می‌شود.

Er hielt den Kopf dicht am Boden, blickte aber nach oben.

سرش را نزدیک زمین نگه داشته بود، اما نگاهش به بالا بود.

Vielleicht würde sich so der Blick seiner Schwester mit seinem treffen.

شاید از این طریق نگاه خواهرش با او تلاقی کند.

Kann man wirklich sagen, dass er nur ein Tier war?

آیا واقعاً می‌توان گفت که او فقط یک حیوان بود؟

War er etwa ein Tier, wenn ihn Musik so fesseln konnte?

آیا اگر موسیقی می‌توانست او را تا این حد مجذوب خود کند، او یک حیوان بود؟

Er hatte das Gefühl, ihm sei ein Weg zu unbekannter Nahrung gezeigt worden.

احساس می‌کرد راهی به سوی تغذیه‌ای ناشناخته به او نشان داده شده است.

Vielleicht war dies die Nahrung, die ihm fehlte.

شاید این همان رزقی بود که او از دست داده بود.

Er war fest entschlossen, zu seiner Schwester zu gelangen.

او مصمم بود که راه خود را به سمت خواهرش ادامه دهد.

Er wollte an ihrem Rock zupfen, um ihre Aufmerksamkeit zu erregen.

دلش می‌خواست دامنش را بکشد تا توجهش را جلب کند.

Er wollte ihr eine Art Einladung signalisieren.

او می‌خواست به او نشانه‌ای از دعوت بدهد.

„Komm und spiel Geige in meinem Zimmer", wollte er sagen.

می‌خواست بگوید: «بیا تو اتاق من ویولن بزن».

Er wollte, dass sie für ihre wunderschöne Musik belohnt wird.

او می‌خواست که به خاطر موسیقی زیبایش به او پاداش داده شود.

"Niemand hier belohnt dich dafür, dass du Geige spielst."

«اینجا کسی به خاطر نواختن ویولن به تو پاداش نمی‌دهد».

Er wollte sie nicht mehr aus seinem Zimmer lassen.

دیگر دلش نمی‌خواست او را از اتاقش بیرون بگذارد.

Er wollte, dass sie so lange bei ihm blieb, wie er lebte.

او می‌خواست تا زمانی که زنده است، او در کنارش بماند.

Zum ersten Mal hatte seine Verwandlung einen Vorteil.

برای اولین بار، دگرگونی او فایده‌ای داشت.

Seine Missbildung würde ihm nun endlich noch von Nutzen sein.

نقص عضوش بالاخره داشت برایش مفید واقع می‌شد.

Er wollte gleichzeitig an allen vier Türen sein.

او می‌خواست همزمان جلوی هر چهار در باشد.

Er wollte sie von allen Seiten anfauchen und anspucken.

دلش می‌خواست هیس بکشد و از هر زاویه‌ای به سمتشان تف بیندازد.

Seine Schwester sollte nicht gezwungen werden, bei ihm zu bleiben.

خواهرش نباید مجبور به ماندن با او شود.

Er wollte, dass sie sich freiwillig dafür entschied, bei ihm zu bleiben.

او می‌خواست که او داوطلبانه تصمیم بگیرد که با او بماند.

Sie wollte sich neben ihn setzen und sich zu ihm hinunterbeugen.

قرار بود کنارش بنشیند و به سمتش خم شود.

Und er wollte ihr von der Musikschule erzählen.

و قرار بود درباره مدرسه موسیقی برایش بگوید.

Er hatte die feste Absicht, sie auf die Akademie zu schicken.

او قصد راسخ داشت که او را به آکادمی بفرستد.

Das hätte er allen schon letztes Weihnachten erzählt.

او کریسمس گذشته این را به همه می‌گفت.

War Weihnachten etwa schon wieder vorbei?

آیا واقعاً کریسمس آمده و دوباره رفته بود؟

Und er hätte sich von niemandem davon abbringen lassen.

و به هیچ کس اجازه نمی‌داد او را از این کار منصرف کند.

Doch dann setzte das Unglück allem ein Ende.

اما ناگهان آن حادثه ناگوار همه چیز را متوقف کرد.

Die Schwester wäre von ihren Gefühlen überwältigt gewesen.

خواهر غرق در احساسات می‌شد.

Und dann wäre Gregor bis auf ihre Schulter geklettert.

و آنوقت گرگور تا شانه‌اش بالا می‌رفت.

Und er hätte sie getröstet, indem er ihren Hals geküsst hätte.

و او با بوسیدن گردنش او را آرام می‌کرد.

„Herr Samsa!", rief der Mann in der Mitte dem Vater zu.

مردی که در وسط نشسته بود، پدر را صدا زد: «آقای سامسا»!

Er zeigte mit dem Zeigefinger nach unten auf Gregor.

او با انگشت اشاره‌اش به گرگور اشاره می‌کرد.

Gregor bewegte sich langsam über den Wohnzimmerboden.

گرگور به آرامی روی کف اتاق نشیمن راه می‌رفت.

Das Geigenspiel verstummte sehr schnell.

صدای ویولن خیلی زود خاموش شد.

Der mittlere der drei Männer lächelte seine Freunde an.

مرد وسطی از بین سه مرد به دوستانش لبخند زد.

Dann schüttelte er den Kopf und blickte zurück zu Gregor.

سپس سرش را تکان داد و دوباره به گرگور نگاه کرد.

Der Vater hätte Gregor zurück in sein Zimmer schicken können.

پدر می‌توانست گرگور را مجبور کند به اتاقش برگردد.

Das war jedoch nicht die erste Maßnahme, zu der er sich entschloss.

اما این اولین اقدامی نبود که او تصمیم به انجام آن گرفت.

Er hielt es für wichtiger, die Herren zu beruhigen.

او فکر می‌کرد آرام کردن آقایان مهم‌تر است.

Obwohl sie von Gregor eigentlich überhaupt nicht verärgert waren.

اگرچه آنها واقعاً از گرگور ناراحت نبودند.

Gregor schien unterhaltsamer als das Geigenspiel.

گرگور از نوازندگی ویولن سرگرم‌کننده‌تر به نظر می‌رسید.

Er eilte mit ausgestreckten Armen auf sie zu.

با دستانی گشوده به سمتشان دوید.

Er gab sein Bestes, um ihren Blick auf Gregor zu verbergen.

او تمام تلاشش را می‌کرد تا نظر آنها را در مورد گرگور پنهان کند.

Und er versuchte, sie zur Rückkehr in ihr Zimmer zu bewegen.

و سعی کرد آنها را تشویق کند که به اتاقشان برگردند.

Das hat sie eher ein wenig verärgert.

اگر واقعاً این موضوع آنها را کمی آزرده خاطر کرده باشد.

Es war aber schwer zu sagen, was genau sie störte.

اما گفتن اینکه دقیقاً چه چیزی آنها را آزار می‌داد، دشوار بود.

Der Vater verdarb die abendliche Unterhaltung.

پدر داشت تفریح شب را خراب می‌کرد.

Aber sie hatten auch gerade erst von ihrem neuen Mitbewohner erfahren.

اما آنها تازه از همخانه جدیدشان خبردار شده بودند.

Sie hoben die Hände, genau wie der Vater es getan hatte.

آنها درست مثل پدر دستشان را بالا بردند.

Sie verlangten vom Vater eine sofortige Erklärung.

آنها از پدر توضیح فوری خواستند.

Sie zupften unruhig an ihren Bärten, um eine Antwort zu bekommen.

آنها با بی‌قراری ریش‌هایشان را کشیدند تا جوابی بگیرند.

Und sie bewegten sich rückwärts in ihr Zimmer, aber sehr langsam.

و آنها به سمت اتاقشان عقب عقب رفتند، اما خیلی آهسته.

Die Unterbrechung hatte die Schwester in eine Trance versetzt.

این وقفه، خواهر را به خلسه فرو برده بود.

Sie ließ Geige und Bogen an ihrer Seite herabhängen.

ویولن و آرشه را در کنارش آویزان گذاشت.

Und sie blickte auf die Notenblätter, als ob sie immer noch spielen würde.

و طوری به نت موسیقی نگاه کرد که انگار هنوز در حال نواختن است.

Doch dann zog sie sich plötzlich wieder ins Zimmer zurück.

اما ناگهان خودش را به داخل اتاق کشید.

Und sie hatte nun das Gefühl, verloren zu sein, überwunden.

و حالا او بر احساس گمگشتگی غلبه کرده بود.

Sie legte das Musikinstrument auf den Schoß ihrer Mutter.

او ساز موسیقی را روی پای مادرش گذاشت.

Die Mutter saß schwer atmend auf dem Stuhl.

مادر روی صندلی نشسته بود و نفس نفس می‌زد.

Und dann musste die Schwester ins Nebenzimmer rennen.

و بعد خواهر مجبور شد به اتاق بغلی بدود.

Sie musste alles für die Herren vorbereiten.

او باید همه چیز را برای آقایان آماده می‌کرد.

Sie warf die Decken und Kissen in die Luft.

پتوها و کوسن‌ها را به هوا پرتاب کرد.

Und mit ihren geschickten Händen richtete sie die gesamte Bettwäsche her.

و با دستان ماهرش تمام ملافه ها را مرتب کرد.

Sie war schon fertig, bevor die Herren den Raum erreichten.

قبل از اینکه آقایان به اتاق برسند، کارش تمام شده بود.

Und sie verschwand, bevor sie ihnen in die Quere kam.

و قبل از اینکه سر راهشان قرار بگیرد، یواشکی بیرون رفت.

Der Vater schien von seiner eigenen Sturheit beherrscht zu sein.

به نظر می‌رسید پدر گرفتار لجبازی خودش شده است.

Und so vergaß er jeglichen Respekt, den er seinen Mietern schuldete.

و بنابراین تمام احترامی را که به مستاجرانش داشت فراموش کرد.

Er drängte und drängte, bis deren Sprecher Einspruch erhob.

او آنقدر فشار آورد و فشار آورد تا سخنگوی آنها اعتراض کرد.

Als er die Tür erreichte, stampfte er wütend mit dem Fuß auf.

وقتی به در رسید، با عصبانیت پایش را به زمین کوبید.

Und damit brachte er den Vater zum Schweigen.

و بدین ترتیب پدر را به بن‌بست رساند.

„Hiermit erkläre ich“, begann er sich an seinen Vermieter zu wenden.

او شروع به خطاب قرار دادن صاحبخانه‌اش کرد و گفت: «بدینوسیله اعلام می‌کنم».

Und er hob die Hand und blickte die ganze Familie an.

و دستش را بالا برد و به تمام اعضای خانواده نگاه کرد.

„Hinsichtlich der widerlichen Zustände im Zimmer;“

«با توجه به شرایط منزجرکننده‌ی اتاق؛»

Und er sorgte dafür, dass alle seinen Worten zuhörten.

و مطمئن شد که همه به حرف‌هایش گوش می‌دهند.

"Hiermit kündige ich meinen Auszug aus meinem Zimmer."

«بدینوسیله اعلام می‌کنم که اتاقم را تخلیه خواهم کرد».

Und er unterstrich seine Aussage zusätzlich, indem er auf
den Boden spuckte.

و او با تف کردن روی زمین، حرفش را بیشتر ثابت کرد.

„Auch die Tage, die ich hier gelebt habe, werde ich nicht
bezahlen."

»و همچنین بابت روزهایی که اینجا زندگی کرده‌ام، پولی پرداخت
نخواهم کرد«.

Mit dieser Rückerstattung war er allerdings nicht ganz
zufrieden.

با این حال، او کاملاً از این بازپرداخت راضی نبود.

„Und ich werde erwägen, weitere Forderungen an Sie zu
stellen."

»و من طرح درخواست‌های دیگری از شما را بررسی خواهم کرد«.

„Glauben Sie mir, solche Forderungen lassen sich sehr leicht
rechtfertigen."

باور کنید، توجیه چنین خواسته‌هایی بسیار آسان خواهد بود«.

Er schwieg und blickte den Vater direkt an.

سکوت کرد و مستقیم به پدر نگاه کرد.

Er schien zu erwarten, dass noch etwas passieren würde.

انگار انتظار داشت اتفاق دیگری بیفتد.

Tatsächlich hatten seine beiden Freunde sofort die gleiche
Idee.

در واقع، دو دوستش بلافاصله همین فکر را کردند.

„Wir stornieren auch unsere Zimmer", sagten sie unisono.

آنها همزمان گفتند: »ما هم اتاق‌هایمان را لغو می‌کنیم«.

Dann packte er den Türgriff und schloss die Tür.

سپس دستگیره در را گرفت و در را بست.

Und mit einem lauten Knall schlossen sie sich in ihrem
Zimmer ein.

و با صدای بلندی خودشان را در اتاقشان حبس کردند.

Der Vater taumelte mit tastenden Händen zu seinem Stuhl.

پدر با دستانی که کورمال کورمال به آنها چنگ می‌زد، تلوتلوخوران به سمت صندلی‌اش رفت.

Und er ließ sich besiegt in den Stuhl fallen.

و او شکست خورده، خودش را روی صندلی انداخت.

Es sah so aus, als ob er seinen üblichen Abendschlaf halten würde.

انگار داشت به چرت عصرگاهی همیشگی‌اش می‌رفت.

Sein Kopf nickte jedoch fast so, als ob er nicht gestützt würde.

اما سرش را طوری تکان داد که انگار تکیه‌گاهی ندارد.

Und man konnte sehen, dass er überhaupt nicht schlief.

و کاملاً مشخص بود که اصلاً خواب نیست.

Während all dem hatte Gregor sich nicht von der Stelle gerührt.

در تمام این مدت، گرگور از جایش تکان نخورده بود.

Er befand sich noch immer an der Stelle, wo die Herren ihn zuerst gesehen hatten.

او هنوز همان جایی بود که آقایان برای اولین بار او را دیده بودند.

Selbst wenn er umziehen wollte, fand er es unmöglich.

حتی اگر می‌خواست حرکت کند، غیرممکن می‌دید.

Entweder aus Enttäuschung oder aus Hunger.

به خاطر ناامیدی‌اش، یا به خاطر گرسنگی‌اش.

Er war enttäuscht über das Scheitern seines Plans.

او از شکست نقشه‌اش ناامید شده بود.

Und er war geschwächt von dem anhaltenden Hunger, den er verspürte.

و او از گرسنگی ممتد که احساس می‌کرد، ضعیف شده بود.

Er war sich sicher, dass sich jeden Moment alle gegen ihn wenden würden.

او مطمئن بود که هر لحظه همه به او حمله خواهند کرد.

In Erwartung des unmittelbar bevorstehenden Zusammenbruchs wartete er.

با این انتظارِ فروپاشیِ حتمی، او منتظر ماند.

Die Geige begann vom Schoß der Mutter zu rutschen.

ویولن شروع به سر خوردن از روی زانوان مادر کرد.

Mit einem ohrenbetäubenden Geräusch fiel die Geige zu Boden.

ویولن با صدای مهیبی به زمین افتاد.

Doch selbst dieses plötzliche Krachen ließ ihn nicht erschrecken.

اما حتی این صدای ناگهانیِ برخورد هم او را از جا نپراند.

„Liebe Eltern", sagte die Schwester, „so kann es nicht weitergehen."

خواهر گفت: «والدین عزیز، این دیگر نمی‌تواند ادامه پیدا کند».

Und um ihrer Aussage Nachdruck zu verleihen, schlug sie mit der Hand auf den Tisch.

و دستش را محکم روی میز کوبید تا منظورش را برساند.

"Ich werde den Namen meines Bruders vor diesem Monster nicht aussprechen."

«من اسم برادرم را جلوی این هیولا نمی‌گویم».

„Deshalb sage ich es so deutlich wie möglich:"

«به همین دلیل است که این را تا حد امکان رک و صریح می‌گویم:

„Uns bleibt keine andere Wahl, als dieses Tier loszuwerden."

ما چاره‌ای جز خلاص شدن از شر این حیوان نداریم».

„Wir haben unser Bestes getan, um dieses Tier zu tolerieren und zu pflegen."

ما تمام تلاشمان را کردیم تا این حیوان را تحمل کنیم و از او مراقبت کنیم».

„Ich glaube nicht, dass uns irgendjemand auch nur im Geringsten die Schuld geben kann."

فکر نمی‌کنم کسی بتواند ذره‌ای ما را سرزنش کند».

„Sie hat tausendfach Recht", stimmte der Vater zu.

پدر موافقت کرد: «او هزار بار حق دارد».

Die Mutter hatte noch immer nicht wieder richtig Luft bekommen.

مادر هنوز نفسش به طور کامل بالا نیامده بود.

Sie begann dumpf in ihre Hand zu husten und atmete schwer.

او شروع به سرفه‌های خفه در دستش کرد و نفس‌هایش سنگین شد.

Und in ihren Augen begann sich ein wahnsinniger Ausdruck abzuzeichnen.

و حالتی دیوانه‌وار در چشمانش پدیدار شد.

Die Schwester eilte zu ihrer Mutter und hielt sich die Stirn.

خواهر به سمت مادرش دوید و پیشانی‌اش را گرفت.

Der Vater schien von den Worten der Schwester inspiriert zu sein.

به نظر می‌رسید پدر از حرف‌های خواهر الهام گرفته است.

Und seine Gedanken schienen klarer als zuvor.

و افکارش انگار از قبل واضح‌تر شده بودند.

Er hörte auf, mit dem Kopf zu nicken, und setzte sich wieder aufrecht hin.

سرش را تکان نداد و دوباره صاف نشست.

Und er spielte, in tiefes Nachdenken versunken, mit der Mütze seines Dieners.

و او در حالی که غرق در فکر بود، با کلاه خدمتکارش بازی می‌کرد.

Die Teller der Mieter standen noch auf dem Tisch.

بشقاب‌های مستاجران هنوز روی میز بود.

Und manchmal blickte er zu dem schweigenden Gregor hinüber.

و گاهی به گرگورِ خاموش نگاه می‌کرد.

„Wir müssen versuchen, es loszuwerden", sagte die Schwester zu ihm.

خواهر به او گفت: «باید سعی کنیم از شرش خلاص شویم».

Die Mutter war zu sehr mit Husten beschäftigt, um zuzuhören.

مادر آنقدر سرگرم سرفه بود که فرصت گوش دادن نداشت.

„Das wird euch beide umbringen, ich sehe es schon kommen.“

»هر دوی شما را خواهد کشت، از همین الان می‌توانم ببینم که دارد می‌آید«.

„Wir können nicht alle weiterhin so hart arbeiten wie bisher.“

»ما نمی‌توانیم به همین سختی که الان هستیم به کار کردن ادامه دهیم«.

„Und jeden Tag müssen wir nach Hause kommen und diese Qualen erleiden.“

و هر روز مجبوریم با این شکنجه به خانه برگردیم«.

„Wir können das nicht mehr ertragen. Ich kann das nicht mehr ertragen.“

»ما دیگر نمی‌توانیم تحمل کنیم. من نمی‌توانم تحمل کنم«.

In einem letzten Tränenausbruch sank sie ihrer Mutter in die Arme.

او با آخرین قطره اشکش به مادرش افتاد.

Die Tränen rannen ihr über das Gesicht und auf das ihrer Mutter.

اشک از صورتش سرازیر شد و روی صورت مادرش افتاد.

Und mit einer mechanischen Bewegung wischte sie sich die Tränen weg.

و با حرکتی مکانیکی اشک‌هایش را پاک کرد.

„Mein Kind“, sagte der Vater mitfühlend.

پدر با لحنی مهربان گفت: «فرزندم»!

In seiner Stimme lag tiefes Mitgefühl und Verständnis.

در صدایش همدردی و درک عمیقی موج می‌زد.

„Aber was sollen wir tun?“, gestand er und gab zu, es nicht zu wissen.

»اما ما باید چه کار کنیم؟« او اعتراف کرد که نمی‌داند.

Die Schwester zuckte nur hilflos mit den Schultern.

خواهر فقط شانه‌هایش را از روی درماندگی بالا انداخت.

Und ihr anfängliches Selbstvertrauen wich erneut Tränen.

و اعتماد به نفس قبلی‌اش دوباره جای خود را به اشک داد.

„Wenn er uns doch nur verstehen würde", sagte der Vater laut.

پدر با صدای بلند گفت: «کاش ما را درک می‌کرد».

Und er fragte sich halb, ob Gregor es vielleicht verstanden hatte.

و او تقریباً شک داشت که آیا گرگور فهمیده است یا نه.

Die Schwester schüttelte unter Tränen heftig die Hand.

خواهر در حالی که گریه می‌کرد، فقط دستش را به شدت تکان داد.

Und so signalisierte sie, dass man diese Idee gar nicht erst in Erwägung ziehen sollte.

و بنابراین او اعلام کرد که نباید به این ایده فکر کرد.

„Aber wenn er uns doch nur verstehen würde", wiederholte der Vater.

پدر تکرار کرد: «اما کاش ما را درک می‌کرد».

Er schloss die Augen und dachte über die Antwort seiner Schwester nach.

با بستن چشمانش، پاسخ خواهر را در نظر گرفت.

"Wenn er verstünde, dass eine Vereinbarung mit ihm getroffen werden könnte."

«اگر او بفهمد، می‌توان با او به توافق رسید».

„Aber unter den gegebenen Umständen..."

«اما با توجه به اینکه اوضاع به همین منوال است»...

„Es muss weg!", rief die Schwester, „es ist der einzige Weg."

خواهر فریاد زد: «باید برود، این تنها راه است».

„Du musst den Gedanken loswerden, dass es Gregor ist."

«باید از این فکر که گرگور است، خلاص شوی».

„Dass wir das so lange geglaubt haben, ist unser eigentliches Unglück."

«اینکه ما این همه مدت به آن اعتقاد داشتیم، بدبختی واقعی ماست».

„Aber wie kann es Gregor sein?", fragte sie ihren Vater.

از پدرش پرسید: «اما چطور ممکن است گرگور باشد؟»

„Er wusste, dass ein solches Tier nicht mit Menschen zusammenleben kann.“

او می‌دانست که چنین حیوانی نمی‌تواند با انسان‌ها همزیستی داشته باشد.

„Gregor hätte uns schon längst freiwillig verlassen.“

گرگور خیلی وقت پیش، داوطلبانه ما را ترک می‌کرد.

„Das stimmt, dann hätten wir keinen Bruder mehr.“

«درسته، اونوقت دیگه برادری نداشتیم».

„Aber wir könnten weiterleben und sein Andenken ehren.“

اما ما می‌توانیم به زندگی ادامه دهیم و یاد او را گرامی بداریم».

„Aber dieses Ungeheuer verfolgt uns und vertreibt unsere Pächter.“

«اما این حیوان وحشی ما را تعقیب می‌کند و مستاجران ما را فراری می‌دهد».

„Es will ganz offensichtlich die ganze Wohnung in Besitz nehmen.“

«معلوم است که می‌خواهد کل آپارتمان را تصاحب کند».

„Dieses Biest will, dass wir auf der Straße schlafen.“

این جانور می‌خواهد ما را در خیابان بخواباند».

"Schau, Vater", rief sie plötzlich, "er bewegt sich schon wieder!"

ناگهان فریاد زد: «ببین پدر، دوباره دارد حرکت می‌کند»!

Und sie tat etwas, das selbst Gregor nicht verstehen konnte.

و او کاری کرد که حتی گرگور هم نمی‌توانست بفهمد.

Sie stieß sich von sich selbst ab, als wolle sie die Mutter opfern.

خودش را کنار کشید، انگار که داشت مادر را قربانی می‌کرد.

Und sie rannte hinter ihrem Vater her, um sich in Sicherheit zu bringen.

و او برای یافتن جایی امن، پشت سر پدرش دوید.

Der Vater war nur deshalb so aufgebracht, weil seine Tochter es war.

پدر فقط به خاطر دخترش مضطرب بود.

Doch dann stand auch er auf und hob die Arme über sie.

اما سپس او نیز بلند شد و دستانش را بالای سر او بلند کرد.

Gregor hatte jedoch keinerlei Absicht gehabt, irgendjemanden zu erschrecken.

اما گرگور قصد نداشت کسی را بترساند.

Er hatte insbesondere nicht die Absicht, seine Schwester zu erschrecken.

او به خصوص هیچ فکری برای ترساندن خواهرش نداشت.

Er wollte sich gerade umdrehen und zurück in sein Zimmer gehen.

او فقط سعی می‌کرد به سمت اتاقش برگردد.

Doch in seinem sich verschlechternden Zustand war selbst das schwierig.

اما در شرایط رو به وخامت او، حتی این کار هم دشوار بود.

Und er konnte seine Beine nicht mehr vollumfänglich nutzen.

و او دیگر نمی‌توانست از تمام پاهایش به طور کامل استفاده کند.

Also benutzte er seinen Kopf, um seinen Körper anzuheben und sich umzudrehen.

بنابراین او از سرش برای بلند کردن بدنش و چرخاندن خودش استفاده کرد.

Er hielt inne und suchte in der Familie nach deren Zustimmung.

مکثی کرد و به اطراف نگاه کرد تا رضایت خانواده را جلب کند.

Seine guten Absichten schienen erkannt worden zu sein.

به نظر می‌رسید نیت خیر او تشخیص داده شده است.

Seine Bewegung hatte sie nur kurzzeitig erschreckt.

حرکت او فقط یک شوک لحظه‌ای برای آنها بود.

Nun blickten sie ihn alle in unglücklichem Schweigen an.

حالا همه آنها در سکوتی غم انگیز به او نگاه می کردند.

Die Mutter lag noch immer erschöpft im Sessel.

مادر هنوز خسته و کوفته روی صندلی راحتی دراز کشیده بود.

Vater und Schwester saßen nebeneinander.

پدر و خواهر کنار هم نشسته بودند.

»Vielleicht lassen sie mich jetzt umdrehen«, dachte Gregor.

گرگور فکر کرد: «شاید حالا بگذارند برگردم».

Und er setzte seine unbeholfene Drehbewegung fort.

و او به حرکت عجیب و غریب چرخش خود ادامه داد.

Er konnte die gelegentlichen Atemzüge der Anstrengung nicht unterdrücken.

نمی‌توانست نفس نفس زدن‌های گاه و بیگاه ناشی از تقلا را سرکوب کند.

Und er war gezwungen, zwischendurch ein paar Mal Pausen einzulegen.

و او مجبور شد بین این دو، چند باری استراحت کند.

Niemand drängte ihn jetzt zur Eile; es lag ganz bei ihm.

حالا دیگر کسی او را مجبور به عجله نمی‌کرد؛ همه چیز به خودش بستگی داشت.

Schließlich vollendete er die langsame und schmerzhafte Drehung.

سرانجام او چرخش آهسته و دردناک را به پایان رساند.

Er machte sich sofort auf den Weg zurück in sein Zimmer.

او بلافاصله شروع به قدم زدن مستقیم به سمت اتاقش کرد.

Er war erstaunt darüber, wie weit er von seinem Zimmer entfernt war.

از اینکه چقدر از اتاقش دور شده بود، شگفت‌زده شده بود.

Wie war er trotz seiner Schwäche zuvor dorthin gelangt?

چطور، با وجود ضعفش، قبلاً به آنجا رسیده بود؟

Er war fast denselben Weg gegangen, ohne es zu bemerken.

او تقریباً همان مسیر را بدون توجه طی کرده بود.

Er konzentrierte sich jetzt nur noch darauf, so schnell wie möglich zu krabbeln.

او فقط روی خزیدن با تمام سرعتی که می‌توانست تمرکز کرد.

Das Ausbleiben von Kommentaren störte ihn nicht.

عدم اظهار نظر از سوی هیچ‌کس او را نگران نمی‌کرد.

Erst als er schon in der Tür war, drehte er den Kopf.

فقط وقتی که از قبل به در رسیده بود، سرش را برگرداند.

Aber er konnte sich nicht vollständig umdrehen und zurückblicken.

اما او قادر نبود برگردد و کاملاً به عقب نگاه کند.

Denn er spürte, wie sich sein Nacken beim Umdrehen noch mehr versteifte.

چون وقتی برگشت، احساس کرد گردنش بیشتر سفت شده است.

Doch er sah, dass sich hinter ihm ohnehin nichts verändert hatte.

اما او دید که به هر حال هیچ چیز پشت سرش تغییر نکرده است.

Der einzige Unterschied war, dass seine Schwester aufgestanden war.

تنها تفاوت این بود که خواهرش بلند شده بود.

Sein letzter Blick verriet ihm, dass seine Mutter eingeschlafen war.

آخرین نگاهش نشان می‌داد که مادرش به خواب رفته است.

Sobald er in seinem Zimmer war, wurde die Tür geschlossen.

به محض اینکه داخل اتاقش شد، در بسته شد.

Und sobald die Tür geschlossen war, wurde der Schrank verriegelt.

و به محض اینکه در بسته شد، درِ ضخیم قفل شد.

Gregor erschrak über das unerwartete Geräusch hinter ihm.

گرگور از صدای غیرمنتظره‌ی پشت سرش ترسید.

Und vor lauter Überraschung knickten seine Beine unter ihm ein.

و از شدت تعجب ناگهانی، پاهایش زیر بدنش خم شدند.

Es war seine Schwester, die hinter ihm zur Tür geeilt war.

خواهر بود که پشت سر او به سمت در دویده بود.

Sie stand bereits aufrecht da und wartete auf ihn.

او از قبل آنجا ایستاده بود و منتظر او بود.

Dann machte sie einen leichten Sprung nach vorn, ohne dass Gregor es hörte.

سپس به آرامی و بدون اینکه گرگور چیزی بشنود، به جلو پرید.

"Endlich!", rief sie laut, als sie den Schlüssel umdrehte.

در حالی که کلید را می‌چرخاند، با صدای بلند فریاد زد: «بالاخره»!

„Was nun?“, fragte sich Gregor, allein in der Dunkelheit.

گرگور، تنها در تاریکی، از خودش پرسید: «حالا چی؟»

Er merkte bald, dass er sich überhaupt nicht mehr bewegen konnte.

خیلی زود متوجه شد که دیگر نمی‌تواند تکان بخورد.

Doch seine Unbeweglichkeit überraschte ihn nicht wirklich.

اما او واقعاً از بی‌حرکتی‌اش تعجب نکرده بود.

Sich auf so dünnen Beinen fortbewegen zu können, erschien lächerlich.

توانایی حرکت با پاهایی به این لاغری، مسخره به نظر می‌رسید.

Er wusste nicht, wie ihm das jemals gelungen war.

او نمی‌دانست چطور تا به حال توانسته بود این کار را انجام دهد.

Abgesehen davon fühlte er sich aber relativ wohl.

اما گذشته از این، او احساس نسبتاً راحتی می‌کرد.

Es stimmt, dass er am ganzen Körper tiefe Schmerzen verspürte.

درست است که او درد عمیقی را در سراسر بدنش احساس می‌کرد.

Doch der Schmerz schien immer schwächer zu werden.

اما انگار دردش کم و کمتر می‌شد.

Und er hatte das Gefühl, der Schmerz würde irgendwann verschwinden.

و او احساس می‌کرد که درد بالاخره از بین خواهد رفت.

Er spürte den faulen Apfel in seinem Rücken kaum noch.

دیگر به سختی سیب گندیده را در پشتش حس می‌کرد.

Er dachte mit Rührung und Liebe an seine Familie zurück.

او با احساسی سرشار از عشق و علاقه به خانواده‌اش فکر کرد.

Er spürte die Gefühle seiner Schwester noch stärker als sie selbst.

او احساسات خواهرش را حتی بیشتر از او درک می‌کرد.

Sie hatte Recht mit dem, was sie gesagt hatte; er musste gehen.

حق با او بود، او باید می‌رفت.

Er verbrachte einige Zeit in diesem leeren und friedlichen Zustand.

او مدتی را در این حالت خالی و آرام گذراند.

Die Uhr schlug dreimal, leise, aber bestimmt.

ساعت سه بار، آرام، اما محکم، نواخت.

Gregor wurde sanft aus seinen Betrachtungen gerissen.

گرگور به آرامی از افکارش بیرون کشیده شد.

Er beobachtete, wie das Morgenlicht langsam in sein Zimmer drang.

او نظاره گر نور صبحگاهی بود که به آرامی وارد اتاقش می شد.

Dann sank sein Kopf völlig nach unten, ohne dass er es wollte.

سپس سرش را کاملاً، بدون اراده‌اش، به پایین انداخت.

Und sein letzter Atemzug entwich schwach aus seinen Nasenlöchern.

و آخرین نفسش به سختی از سوراخ‌های بینی‌اش جاری شد.

Das Dienstmädchen kam früh am Morgen in sein Zimmer.

خدمتکار صبح زود به اتاقش آمد.

Bei ihrem üblichen kurzen Besuch fand sie nichts Ungewöhnliches vor.

او در طول بازدید کوتاه معمول خود هیچ چیز غیرعادی پیدا نکرد.

Aus Kraft und in Eile knallte sie alle Türen zu.

از روی قدرت و عجله، تمام درها را محکم به هم کوبید.

An ruhigen Schlaf war in der gesamten Wohnung nicht zu denken.

در کل آپارتمان خواب راحت ممکن نبود.

Sie war gebeten worden, dies morgens zu vermeiden.

از او خواسته شده بود که از انجام این کار در صبح خودداری کند.

Sie glaubte, er läge absichtlich so regungslos da.

او فکر می‌کرد که او عمداً آنجا بی‌حرکت دراز کشیده است.

Vielleicht wollte er ihr zeigen, dass er beleidigt war.

شاید می‌خواست به او نشان دهد که از این بابت ناراحت است.

Sie vertraute darauf, dass er über alle Arten von Intelligenz verfügte.

او به او اعتماد داشت که انواع هوش و ذکاوت را دارد.

Sie hielt zufällig den langen Besen in der Hand.

اتفاقاً جاروی بلندی را در دست داشت.

Also versuchte sie von der Tür aus, Gregor ein wenig zu kitzeln.

بنابراین، از همان دم در، سعی کرد کمی گرگور را قلقلک بدهد.

Sie war etwas verärgert darüber, dass er überhaupt nicht reagierte.

او کمی ناراحت شد که او اصلاً جواب نداد.

Deshalb stieß sie ihn diesmal etwas energischer an.

بنابراین این بار او را کمی محکم‌تر هل داد.

Als er keinen Widerstand leistete, sah sie genauer hin.

وقتی هیچ مقاومتی از خود نشان نداد، زن نگاه دقیق‌تری به او انداخت.

Bald begriff sie, was Gregor wirklich zugestoßen war.

او خیلی زود فهمید که واقعاً چه اتفاقی برای گرگور افتاده است.

Sie öffnete die Augen noch weiter und pfiff vor sich hin.

چشمانش را بیشتر باز کرد و برای خودش سوت زد.

Doch sie zögerte nicht lange, bevor sie die Tür öffnete.

اما او قبل از باز کردن در، وقت زیادی را تلف نکرد.

Und sie rief mit lauter Stimme in die Dunkelheit:

و با صدای بلند در تاریکی فریاد زد:

"Komm und sieh es dir an, da liegt es, völlig tot."

»بیا و نگاهی بینداز، آنجا افتاده، کاملاً مرده.«

Die beiden Eltern saßen aufrecht in ihrem Ehebett.

دو پدر و مادر در تخت خواب زناشویی خود صاف نشستند.

Zuerst mussten sie den Lärmschock überwinden.

اول باید بر شوک ناشی از سر و صدا غلبه می‌کردند.

Doch dann begannen sie langsam, ihre Botschaft zu
verstehen.

اما سپس آنها به آرامی شروع به درک پیام او کردند.

Herr und Frau Samsa sprangen jeweils von ihrer Seite des
Bettes.

آقا و خانم سمسا هر کدام از سمت خودشان از تخت بیرون پریدند.

Herr Samsa warf sich die dicke Decke über die Schultern.

آقای سامسا پتوی ضخیم را روی شانه‌هایش انداخت.

Und Frau Samsa kam nur im Nachthemd heraus.

و خانم سامسا فقط با لباس خوابش بیرون آمد.

Und so gelangten sie in Gregors Zimmer.

و اینگونه بود که آنها وارد اتاق گرگور شدند.

Inzwischen hatte sich auch die Tür zum Wohnzimmer
geöffnet.

در همین حال، درِ اتاق نشیمن نیز باز شده بود.

Grete hatte dort geschlafen, seit die Mieter eingezogen
waren.

گرت از وقتی مستاجرها به آنجا نقل مکان کرده بودند، آنجا خوابیده بود.

Sie war vollständig angezogen, als hätte sie überhaupt nicht
geschlafen.

او کاملاً لباس پوشیده بود، انگار اصلاً نخوابیده بود.

Ihr blasses Gesicht schien ebenfalls ihren Schlafmangel zu beweisen.

چهره رنگ‌پریده‌اش هم انگار کم‌خوابی‌اش را ثابت می‌کرد.

„Er ist tot?", fragte Frau Samsa und blickte die Magd an.

خانم سمسا در حالی که به خدمتکار نگاه می‌کرد پرسید: «مرده؟»

Das hätte sie selbst überprüfen können, indem sie ihn angesehen hätte.

او می‌توانست با نگاه کردن به خودش این را تأیید کند.

„Ich glaube schon", sagte das Dienstmädchen und hob den Besen auf.

خدمتکار در حالی که جارو را برمی‌داشت گفت: «فکر کنم».

Und sie schob seinen Körper ein langes Stück über den Boden.

و بدنش را تا مسافت زیادی روی زمین هل داد.

Frau Samsa machte eine Bewegung, als wolle sie sie aufhalten.

خانم سمسا حرکتی کرد، انگار می‌خواست جلویش را بگیرد.

Doch am Ende ließ sie das Dienstmädchen Gregor herumschieben.

اما در نهایت گذاشت خدمتکار گرگور را سر جایش بنشاند.

„Nun", sagte Herr Samsa, „endlich können wir Gott danken."

آقای سامسا گفت: «خب، بالاخره می‌توانیم خدا را شکر کنیم».

Er bekreuzigte sich; Kopf, Brust, Schultern.

او علامت صلیب کشید؛ سر، سینه، شانه‌ها.

Und die drei Frauen folgten seinem religiösen Beispiel.

و سه زن از الگوی مذهبی او پیروی کردند.

Grete, die den Blick nicht von der Leiche abwandte, sagte:

گرت که چشم از جسد برنمی‌داشت، گفت؛

„Seht nur, wie dünn er war! Er hat so lange nichts gegessen."

«ببین چقدر لاغر شده بود، خیلی وقته چیزی نخورده».

„Das Futter, das ich ihm jeden Morgen hinstellte, war immer unberührt.“

»غذایی که هر روز صبح برایش می‌گذاشتم، همیشه دست نخورده باقی می‌ماند«.

Tatsächlich war Gregors Körper völlig flach und trocken.

در واقع، بدن گرگور کاملاً صاف و خشک بود.

Dies war nun, da er am Boden lag, deutlicher zu erkennen.

حالا که روی زمین بود، این بیشتر به چشم می‌آمد.

Weil sein Körper nicht mehr von seinen Beinen hochgehalten wurde.

زیرا بدنش دیگر توسط پاهایش بالا برده نمی‌شد.

Und weil es nichts anderes gab, was die Aussicht beeinträchtigte.

و چون هیچ چیز دیگری حواسش را پرت نمی‌کرد.

„Komm doch für eine Weile mit uns herein, Grete“, sagte Frau Samsa.

خانم سمسا گفت: «گرت، مدتی با ما بیا داخل».

Während sie sprach, lag ein gequältes Lächeln auf ihren Lippen.

موقع حرف زدن لبخند دردناکی روی لب‌هایش بود.

Grete folgte ihnen, blickte aber auch immer wieder zurück auf die Leiche.

گرت آنها را دنبال کرد، اما به جسد نیز نگاه کرد.

Das Dienstmädchen schloss die Tür und öffnete das Fenster ganz.

خدمتکار در را بست و پنجره را تا انتها باز کرد.

Es war noch früh, daher wäre die Luft normalerweise kalt.

هنوز زود بود، بنابراین هوا معمولاً سرد می‌بود.

Doch in der kalten Luft lag auch ein Hauch von Wärme.

اما در هوای سرد، ترکیبی از گرما نیز وجود داشت.

Wie eine sanfte Erinnerung daran, dass es nun Ende März war.

مثل یک یادآوری ملایم که حالا آخر ماه مارس بود.

Die drei Mieter verließen nun ebenfalls ihr Zimmer.

حالا سه مستاجر هم از اتاقشان بیرون آمدند.

Sie schauten sich staunend nach ihrem Frühstück um.

آنها با تعجب به اطراف نگاه کردند تا صبحانه شان را پیدا کنند.

Das Frühstück wurde vergessen, wegen dem, was das Dienstmädchen gefunden hatte.

به خاطر چیزی که خدمتکار پیدا کرد، صبحانه فراموش شد.

„Wo gibt es Frühstück?", grummelte der mittlere Herr.

مرد وسطی غرغر کرد: «صبحانه کجاست؟»

Das Dienstmädchen legte den Finger an den Mund, um Ruhe zu gebieten.

خدمتکار انگشتش را جلوی دهانش گذاشت تا دستور سکوت بدهد.

Und sie winkte den Herren hastig und stumm zu.

و او با عجله و سکوت به آقایان دست تکان داد.

Das Dienstmädchen geleitete die drei Herren in den Raum.

خدمتکار سه آقا را به داخل اتاق راهنمایی کرد.

Und sie erklärte ihnen weiterhin, was geschehen war.

و او همچنان برایشان توضیح می‌داد که چه اتفاقی افتاده است.

Und die drei Herren standen um Gregors Leichnam herum.

و آن سه آقا دور جسد گرگور ایستاده بودند.

Mit den Händen in den Taschen blickten sie nach unten.

دست در جیب، سرشان را پایین انداخته بودند.

Das Morgenlicht hatte den Raum nun vollständig durchflutet.

حالا نور صبحگاهی تمام اتاق را پوشانده بود.

Dann öffnete sich die Schlafzimmertür und Herr Samsa erschien.

سپس در اتاق خواب باز شد و آقای سامسا ظاهر شد.

Auf der einen Seite saß seine Frau, auf der anderen seine Tochter.

در یک طرف همسرش و در طرف دیگر دخترش بود.

Herr Samsa trug inzwischen bereits seine Uniform.

آقای سامسا حالا دیگر یونیفرمش را پوشیده بود.

Man konnte sehen, dass sie alle ein bisschen geweint hatten.

می‌شد دید که همه‌شان کمی گریه کرده‌اند.

Grete drückte ihr Gesicht an den Arm ihres Vaters.

گرت صورتش را به بازوی پدرش فشرد.

„Verlassen Sie sofort meine Wohnung!“, befahl Herr Samsa.

آقای سامسا دستور داد: «فوراً آپارتمان من را ترک کنید»!

Und er deutete auf die Tür, ohne die Frauen gehen zu lassen.

و بدون اینکه زنان راه بدهد، به در اشاره کرد.

„Was meinen Sie damit?“, fragte der Mittelsmann
verunsichert.

مرد واسطه با دستپاچگی پرسید: «منظورت چیست؟»

Und er gab sich alle Mühe, Herrn Samsa freundlich
anzulächeln.

و تمام تلاشش را کرد تا لبخند شیرینی به آقای سامسا بزند.

Die anderen beiden hielten ihre Hände hinter dem Rücken.

دو نفر دیگر دست‌هایشان را پشت سرشان گرفته بودند.

Und sie rieben sich erwartungsvoll die Hände.

و با اشتیاق دست‌هایشان را به هم مالیدند.

Offenbar erwarteten sie einen lauten Streit.

انگار انتظار داشتند دعوای شدیدی در بگیرد.

Aber sie schienen sich auf die bevorstehende
Auseinandersetzung zu freuen.

اما به نظر می‌رسید که از بحث پیش رو خوشحال هستند.

Sie dachten, der Streit würde zu ihren Gunsten ausgehen.

آنها فکر می‌کردند که این اختلاف به نفع آنها خواهد بود.

„Ich meine genau das, was ich eben gesagt habe“, antwortete
Herr Samsa.

آقای سامسا پاسخ داد: «دقیقاً منظورم همان چیزی است که الان گفتم».

Er ging mit seinen beiden Begleitern in einer geraden Linie.

او به همراه دو همراهش در یک خط مستقیم راه می‌رفت.

Und Herr Samsa ging direkt auf ihren Anführer zu.

و آقای سامسا مستقیماً به آقای سرپرست آنها مراجعه کرد.

Der Herr blieb zunächst stehen und blickte zu Boden.

آقا اول بی‌حرکت ایستاد و به زمین نگاه کرد.

Die Gedanken in seinem Kopf waren noch im Wandel.

محتویات سرش هنوز داشت خودش را مرتب می‌کرد.

"Gut, dann gehen wir", sagte er und blickte zu Herrn Samsa auf.

گفت: «بسیار خب، ما می‌رویم.» و به آقای سامسا نگاه کرد.

Eine neue Demut schien ihn plötzlich ergriffen zu haben.

به نظر می‌رسید که فروتنی جدیدی ناگهان بر او غلبه کرده است.

Und er schien um Erlaubnis für diese Entscheidung zu bitten.

و به نظر می‌رسید که برای این تصمیم اجازه می‌خواهد.

Herr Samsa öffnete die Augen weit und nickte leicht.

آقای سامسا چشمانش را کاملاً باز کرد و کمی سرش را تکان داد.

Die Herren folgten seinem Befehl unverzüglich.

آقایان بلافاصله به فرمان او عمل کردند.

Und sie machten tatsächlich große Schritte in den Flur hinein.

و آنها واقعاً با گام‌های بلند وارد راهرو شدند.

Seine Freunde hatten bereits aufgehört, sich die Hände zu reiben.

دوستانش دیگر دست از مالیدن دست‌هایشان برداشته بودند.

Sie hatten mitgehört, wie das Gespräch verlaufen war.

آنها داشتند به روند مکالمه گوش می‌دادند.

Und nun rannten sie ihm nach, als ob sie Angst hätten.

و حالا آنها انگار از ترس، دنبالش می‌دویدند.

Es ist möglich, dass Herr Samsa sie immer noch von ihrem Anführer isoliert.

آقای سامسا هنوز هم ممکن است آنها را از رهبرشان جدا کند.

Sie zogen ihre Stöcke aus dem Stöckebehälter.

چوب‌هایشان را از ظرف چوب‌ها بیرون کشیدند.

Und sie verbeugten sich schweigend, bevor sie die Wohnung verließen.

و قبل از اینکه آپارتمان را ترک کنند، در سکوت تعظیم کردند.

Herr Samsa und die beiden Frauen traten aus dem Vorplatz.

آقای سامسا و دو زن از حیاط جلویی بیرون آمدند.

Aber eigentlich hatten sie keinen Grund, den Männern zu misstrauen.

اما در واقع آنها هیچ دلیلی برای بی‌اعتمادی به مردان نداشتند.

Sie lehnten sich ans Geländer, um zu überprüfen, ob sie weg waren.

آنها به نرده تکیه دادند تا ببینند آیا رفته‌اند یا نه.

Die drei Herren kamen tatsächlich die Treppe herunter.

آن سه آقا واقعاً داشتند از پله‌ها پایین می‌آمدند.

In einer bestimmten Kurve der Treppe verschwanden sie.

در پیچ خاصی از راه پله، آنها ناپدید شدند.

Und dann brachte die Treppe sie wieder in Sichtweite.

و سپس راه پله آنها را دوباره در معرض دید قرار داد.

Dieses Erscheinen und Verschwinden wiederholte sich auf jeder Etage.

این پدیدار و ناپدید شدن در هر طبقه تکرار می‌شد.

Doch schließlich waren sie fast am Ziel.

اما در نهایت آنها تقریباً به ته خط رسیده بودند.

Je weiter sie gingen, desto uninteressanter wurden sie.

هر چه جلوتر می‌رفتند، بیشتر بی‌اهمیت به نظر می‌رسیدند.

Alle kehrten erleichtert ins Haus zurück.

همه به خانه برگشتند، انگار که خیالشان راحت شده باشد.

Sie beschlossen, den Tag zum Ausruhen und für einen Spaziergang zu nutzen.

آنها تصمیم گرفتند از این روز برای استراحت و پیاده‌روی استفاده کنند.

Sie waren der Meinung, dass sie sich diese Auszeit von ihrer Arbeit verdient hatten.

آنها احساس می‌کردند که لیاقت این استراحت از کارشان را داشته‌اند.

Sie hatten diese Auszeit nicht nur verdient, sie brauchten sie auch.

آنها نه تنها لیاقت این استراحت را داشتند، بلکه به آن نیاز داشتند.

Sie setzten sich an den Tisch, um Entschuldigungsbriefe zu schreiben.

آنها پشت میز نشستند تا نامه‌های عذرخواهی بنویسند.

Herr Samsa verfasste seinen Entschuldigungsbrief an die Geschäftsleitung.

آقای سامسا نامه عذرخواهی خود را به مدیریتش نوشت.

Frau Samsa schrieb ihren Entschuldigungsbrief an ihre Kunden.

خانم سامسا نامه عذرخواهی خود را برای موکلانش نوشت.

Und Grete schrieb ihren Entschuldigungsbrief an ihren Schulleiter.

و گرت نامه عذرخواهی خود را به مدیر مدرسه‌اش نوشت.

Während alle schrieben, kam das Dienstmädchen ins Zimmer.

در حالی که همه مشغول نوشتن بودند، خدمتکار به اتاق آمد.

Ihre Arbeit am Vormittag war erledigt, also ging sie nach Hause.

کار صبحش تمام شده بود، بنابراین داشت به خانه می‌رفت.

Die drei Schriftsteller nickten zunächst, ohne aufzusehen.

سه نویسنده ابتدا بدون اینکه سرشان را بالا بیاورند، سرشان را تکان دادند.

Das Dienstmädchen schien aber noch nicht gehen zu wollen.

اما به نظر نمی‌رسید که خدمتکار هنوز کاملاً قصد رفتن داشته باشد.

Sie wartete einen Moment, bis die drei Schriftsteller
aufblickten.

کمی منتظر ماند، تا اینکه سه نویسنده سرشان را بالا آوردند.

„Na?", fragte Herr Samsa verärgert, genau wie die anderen.

آقای سامسا، مثل بقیه، عصبانی پرسید: «خب؟»

Das Dienstmädchen stand mit einem Lächeln im Gesicht in
der Tür.

خدمتکار با لبخندی بر لب، در چارچوب در ایستاده بود.

Sie erweckte den Eindruck, gute Neuigkeiten zu verkünden
zu haben.

او این حس را القا می‌کرد که خبرهای خوبی برای گزارش دادن دارد.

Aber sie würde die Neuigkeit nicht preisgeben, solange sie
nicht dazu aufgefordert würde.

اما او قصد نداشت این خبر را به اشتراک بگذارد، مگر اینکه از او خواسته

شود.

Die aufrecht stehende Straußenfeder an ihrem Hut
schwankte leicht.

پر شترمرغِ عمودیِ روی کلاهش کمی تکان خورد.

Diese Straußenfeder hatte Herrn Samsa schon immer
geärgert.

آن پر شترمرغ همیشه آقای سامسا را آزار می‌داد.

„Also, was wollen Sie dann?", fragte Frau Samsa bestimmt.

خانم سمسا با قاطعیت پرسید: «خب، پس چی می‌خوای؟»

Das Dienstmädchen hatte nach wie vor großen Respekt vor
Frau Samsa.

خدمتکار هنوز هم برای خانم سمسا احترام زیادی قائل بود.

„Ja", antwortete sie und lachte freundlich auf.

«بله» جواب داد و خنده‌ی دوستانه‌ای سر داد.

Einen Moment lang unterbrach sie ihr Lachen und sie
verstummte.

برای لحظه‌ای خنده‌اش مانع از ادامه‌ی حرفش شد.

„Um das Ding nebenan brauchst du dir keine Sorgen zu
machen.“

«لازم نیست نگران اون چیز بغلی باشی».

„Ich habe bereits dafür gesorgt, wie wir es loswerden.“

«من از قبل ترتیب داده‌ام که چطور از شرش خلاص شویم».

Frau Samsa und Grete schrieben ihre Briefe weiter.

خانم سامسا و گرت به نوشتن نامه‌هایشان ادامه دادند.

Herr Samsa bemerkte jedoch, dass das Dienstmädchen noch
nicht fertig war.

اما آقای سامسا متوجه شد که حرف‌های خدمتکار هنوز تمام نشده است.

Nun wollte sie alles genauer beschreiben.

حالا او می‌خواست همه چیز را با جزئیات بیشتری توصیف کند.

Doch er streckte die Hand aus, um ihre
Annäherungsversuche zurückzuweisen.

اما او دستش را دراز کرد تا تلاش‌های او را رد کند.

Sie erkannte, dass sie an ihren Plänen kein Interesse hatten.

او متوجه شد که آنها به نقشه‌هایش علاقه‌ای ندارند.

Und dann erinnerte sie sich an die große Eile, in der sie
gewesen war.

و بعد یادش آمد که چه عجله‌ی زیادی داشته است.

„Dann tschüss“, sagte sie, sichtlich beleidigt über das
mangelnde Interesse.

او که از بی‌علاقگی توهین شده بود، گفت: «پس خداحافظ».

Bevor sie ging, knallte sie die Tür jedoch mit einem lauten
Knall zu.

اما قبل از اینکه برود، در را محکم به هم کوبید.

„Sie wird heute Abend entlassen“, sagte Herr Samsa.

آقای سامسا گفت: «او عصر اخراج خواهد شد».

Seine Frau und seine Tochter hatten jedoch keine Zeit, ihm
zu antworten.

اما همسر و دخترش آنقدر مشغول بودند که نتوانستند به او پاسخ دهند.

Weil das Dienstmädchen ihren gerade erst gewonnenen Frieden gestört hatte.

زیرا آن خدمتکار آرامش تازه به دست آمده آنها را به هم زده بود.

Die Mutter und die Tochter standen auf und gingen zum Fenster.

مادر و دختر بلند شدند تا به سمت پنجره بروند.

Und so blieben sie mit den Armen umeinander liegen.

و در حالی که دست در دست هم داشتند، همانجا ماندند.

Herr Samsa drehte sich in seinem Stuhl um, um sie anzusehen.

آقای سمسا روی صندلی‌اش چرخید تا به آنها نگاه کند.

Und eine Weile lang beobachtete er sie schweigend, wie sie dort standen.

و مدتی آرام آنها را که آنجا ایستاده بودند تماشا کرد.

Schließlich rief er ihnen zu: „Willst du zu mir kommen?“

سرانجام او آنها را صدا زد: «آیا پیش من می‌آیید؟»

„Vergessen wir doch einfach all den alten Kram.“

«بیایید همه آن چیزهای قدیمی را فراموش کنیم، باشه؟»

"Komm her und schenk mir ein wenig deiner Aufmerksamkeit."

«بیا پیش من و کمی از توجهت را به من بده».

Die beiden Frauen taten, wie er gesagt hatte, und eilten zu ihm hinüber.

آن دو زن همانطور که او گفته بود عمل کردند و به سمتش دویدند.

Sie umarmten ihn herzlich und küssten ihn.

آنها او را با محبت در آغوش گرفتند و بوسیدند.

Sie kehrten schnell zurück, um ihre Briefe fertig zu schreiben.

آنها به سرعت برگشتند تا نوشتن نامه‌هایشان را تمام کنند.

Dann verließen alle drei gemeinsam die Wohnung.

سپس هر سه با هم از آپارتمان خارج شدند.

Sie waren seit Monaten nicht mehr zusammen aus dem Haus gegangen.

ماه‌ها بود که با هم از خانه بیرون نرفته بودند.

Und sie fuhren mit der Straßenbahn an den Stadtrand.

و آنها با تراموا به حومه شهر رفتند.

Sie hatten den gesamten Waggon der Straßenbahn für sich allein.

آنها تمام واگن تراموا را در اختیار داشتند.

Von draußen strömte Sonnenschein durch das Fenster.

نور خورشید از پنجره به داخل اتاق می‌تابید.

Die Familie lehnte sich bequem in ihren Sitzen zurück.

خانواده با خیال راحت به صندلی‌هایشان تکیه دادند.

Und sie besprachen die Aussichten für ihre Zukunft.

و آنها در مورد چشم انداز آینده خود بحث کردند.

Bei näherer Betrachtung waren ihre Aussichten gar nicht so schlecht.

با بررسی دقیق‌تر، چشم‌انداز آنها بد نبود.

Alle drei hatten Jobs mit dem Potenzial, mehr zu verdienen.

هر سه نفر شغل‌هایی داشتند که پتانسیل درآمد بیشتری را داشتند.

Sie hatten einander nie nach ihrer Arbeit gefragt.

آنها هرگز از یکدیگر در مورد کارشان نپرسیده بودند.

Doch nun hatten sie endlich Zeit, solche Dinge zu besprechen.

اما حالا بالاخره وقت داشتند که در مورد چنین چیزهایی صحبت کنند.

Sie hatten auch die Möglichkeit, in eine kleinere Wohnung umzuziehen.

آنها همچنین این امکان را داشتند که به یک آپارتمان کوچکتر نقل مکان کنند.

Dies hätte den größten Einfluss auf ihr Leben.

این بزرگترین تأثیر را در زندگی آنها خواهد داشت.

Ihre jetzige Wohnung hatte Gregor ausgesucht.

آپارتمان فعلی آنها توسط گرگور انتخاب شده بود.

Aber jetzt könnten sie in eine günstigere Gegend ziehen.

اما حالا می‌توانند به جایی با قیمت مناسب‌تر نقل مکان کنند.

Eine kleinere Wohnung, aber eine praktischere.

یک آپارتمان کوچک‌تر، اما جایی کاربردی‌تر.

Das Gespräch über die Zukunft machte Grete wieder lebendiger.

صحبت کردن در مورد آینده، گرت را دوباره سرزنده‌تر کرد.

Herr und Frau Samsa bemerkten auch andere Veränderungen an ihr.

آقا و خانم سمسا متوجه تغییرات دیگری هم در او شدند.

Ihre Wangen waren vor lauter Sorgen ganz blass geworden.

گونه‌هایش از شدت نگرانی رنگ پریده بود.

Doch ihre Tochter entwickelte sich inzwischen zu einer feinen jungen Dame.

اما حالا دخترشان داشت به یک خانم زیبا تبدیل می‌شد.

Sie war mittlerweile wirklich eine wohlproportionierte und hübsche junge Frau.

او حالا واقعاً یک زن جوان خوش‌هیکل و زیبا بود.

Ihre Eltern wurden still und bewunderten ihre Tochter.

والدینش ساکت شدند و دخترشان را تحسین کردند.

Sie wechselten Blicke und kommunizierten unbewusst.

آنها ناخودآگاه به یکدیگر نگاه کردند و با هم ارتباط برقرار کردند.

„Es wird bald an der Zeit sein, einen guten Mann für sie zu finden."

»به زودی وقتش می‌رسد که برایش یک مرد خوب پیدا کنیم«.

Die Straßenbahn hatte ihr Ziel erreicht und bremste ab.

تراموا به مقصد رسیده بود و سرعتش را کم کرد.

Ihre Tochter schien ihre neuen Träume zu bestätigen.

به نظر می‌رسید دخترشان رویاهای جدیدشان را تأیید می‌کند.

Sie war die Erste, die aufstand und ihren jungen Körper streckte.

او اولین کسی بود که ایستاد و بدن جوانش را کش و قوس داد.